광장의 고독

광장의 고독

홋타 요시에 지음 • 이종욱 옮김

논형

*일러두기

1 일본어를 비롯한 외국어는 현행 '외래어 표기법'을 따랐다.

2 역주는 본문에서 각주로 처리하였다.

3 역주의 내용은 위키피디아 등에 게재된 내용을 인용하였다.

4 원서에는 부호 ' ', " ", 〈 〉, 「」, 『』 등이 불규칙적으로 쓰였는데 한국어로
   옮기면서 강조일 경우에는 ' '로, 인용구나 문장은 " "로, 논문 등은 〈 〉로,
   단독의 저서나 잡지 등은 《 》로 통일하였다.

목차

광장의 고독

広場の孤独

Commit [A] (罪·過)などを行う, 犯す…… [B] 託する, 委す, 言質を与える, 危くする, 危殆に陥らしめる……[C] 累を及ぼす…… That will commit us . それでは我々が危くなる……

(研究社·新英和大辞典·第十版より)

Commit [A] (죄·과실) 등을 짓다, 저지르다…… [B] 부탁하다, 맡기다, 언질을 주다, 위태롭게 하다……[C] 누를 끼치다…… That will commit us . 그것이 우리를 곤란하게 할 것이다. ……

(겐큐샤·신영화대사전·제10판에서 발췌)

1

길고 짧은 전문電文이 2분 간격으로 연신 뒤섞여 흘러들어 왔다.

"가만있자, '전차 다섯 대를 포함한 공산군 태스크 포스는'이라면, 도이土井! 태스크 포스는 뭐라고 번역하는 거지?"

"지난 전쟁통에는 미국 해군용어로 분명히 기동부대라 한 것 같습니다만……"

"그렇군. 그럼 전차 다섯 대를 포함한 태스크……아니지 적의 기동부대는, 으로 가자고."

부부장 하라구치原口와 도이가 그런 대화를 나누고 있었다. 기가키

木戸는 '적'이라는 말에 깜짝 놀랐다. 적? 적이란 도대체 누구를 두고 하는 말인가? 북조선이 일본의 적이란 것인가?

"잠깐만, 북조선 공산군을 적이라 번역하기로 한 겁니까? 그게 아니면 원문에 enemy라고 되어있는 겁니까?"

동아부東亞部겸 섭외부장인 소네다曾根田는 섭외관계를 원활하게 한다는 명목으로 외신기자 등을 회사 일이라며 대합실로 끌고 들어가는 까닭에 "사용社用 부장"이라는 별명이 따라다녔다. 태평양전쟁 중 사이공에서 입수했다는 멋스러운 방서복防暑服에 요란한 문양의 스타킹을 신은 발을 책상 위에 걸친 채로 흘끗 기가키, 하라구치, 도이 세 명을 곁눈질하며,

"전후 관계를 잘 살펴서 적당히 번역해 두도록"
이라 말하는가 싶더니 불쑥 일어나 뒷문으로 편집국을 빠져나가 버렸다. 문짝이 가볍게 탕하며 닫혔을 때, 내뱉기라도 하듯이,

"빌어먹을 사용 부장놈! 뭐가 찔려서 저렇게 움찔거리는 거야. 전후 관계를 잘 살피라고? 너나 잘하세요! 지나가던 개가 웃겠네"
라고 말한 사람은 평소 말수가 적은 서른 아니면 서른한 살쯤 되어 보이는 미쿠니御國였다. 그런 까닭에 기가키는 고개를 획 돌려 그의 얼굴을 뚫어지게 바라보았다. 그러나 그 얼굴에는 이렇다 할 표정도 없이 언제 그랬냐는 듯 아까부터 한 손에 사전을 들고 번역하고 있던 난해한 맥아더의 성명서를 계속 옮기는 중이었다. 기가키는 어쩐지 미쿠니라는 청년이 당원이 아닐까 하는 직감이 들었다. 그러나 그

런 반동적 인물이 유명한 신문사의 그것도 섭외부에 있을 턱이 없지 않은가…….

　그리 생각하고 기가키도 아까부터 잡고 있는 석간에 실을 홍콩발 전문 번역을 이어갔다. 그 전문의 요지는, 얼마나 중공中共이 홍콩, 마카오 등을 통해 전략물자의 대량구매에 노력하고 있는지, 동시에 타이완에서까지 석유제품을 중공 지구로 밀수하고 있는지를 알리고 조선전란朝鮮戰亂 발발과 더불어 점점 곤란해진 영국의 입장을 한층 옭아매려는 일종의 짓궂은 저의가 엿보이는 것이었다. 전문을 옮기면서 문득 그는 본문의 Commitment라는 단어에 부딪혀 연필을 내려놓았다. 석간 2판의 마감까지 앞으로 겨우 15분 정도밖에 남지 않아 손 놓고 있을 수 없었지만 그럼에도 그의 눈과 머리는 그 단어에 붙들려 있었다. Commit -- 죄·과실 등을 짓다, 어떤 행위를 하다, 저지르다……에 몸을 맡기다, 위태롭게 하다, 언질을 주다, 전달하다……번역기계처럼 되어 버린 머리는 이 단어에 알맞은 번역어를 자동적으로 차례차례 찾고 있었지만 그 자동 작용이 점차 약해지자 그는 지금 이런 일을 하고 있는 것 자체가 이미 어떤 Commitment를 한 것이나 마찬가지가 아닌가 하는 생각과 더불어, 등줄기에 어떤 차가운 것이 흘러내리는 듯한 반성이 들었다. 이런 반성이 이제 막 시작된 것은 아니었다. 그러나 조금 전 북조선 공산군을 느닷없이 '적'이라 번역할 것인가 말 것인가의 논쟁이 있던 뒤여서 커미트먼트라는 단어가 예리하게 그의 허점을 치고 들어온 것이다. 어쨌든 마감 시간이 임박하고 있었다. 그는 침을 꿀꺽 삼키고 다시금 번역을 시작했다. 번역을 마친 후 원고를 급사에게 쥐어주고 의자에 몸을 기대자 뒤에서,

"……Gotta goodie, Doi?"

라는 미국식 속어가 들려왔다.

"None, none, everything's bad."

뭐 좋은 소식 없어? 아무것도 없겠지!, 라는 의미일 텐데 말을 건 쪽은 생김새가 아무래도 어렸을 때부터 된장국을 먹고 다다미 위를 북북 기어 다니며 자랐을 게 분명해 보이는 까무잡잡한 면상이었다. 그는 너저분한 미국식 속어를 써가며 노랑과 초록색의 알로하셔츠를 팔랑거리고 있었다. 말상대인 도이는 스물일곱에서 여덟 살로 보이는 혼혈 2세로 태평양전쟁 중 헌병대 통역을 맡았다가(이것도 하나의 커미트먼트다……) 미국으로 돌아갈 수 없게 된 아직 소년 같은 섭외부원이다. 두 사람은 아랑곳하지 않고 영어로 여자에 관한 이야기를 이어갔다. 둘 다 외국인 같은 몸짓, 눈짓은 물론 어깨의 들썩거림까지 흉내 내가며 호들갑스럽게 웃었다. 그나마 도이는 부자연스럽지 않으나 주름투성이에 까무잡잡한 알로하셔츠를 입은 사람은 고양이가 한쪽 발을 들고 장난칠 때처럼 어리광스러운 표정으로 전쟁 중 마닐라에서 돈을 주고 산 여자가 얼마나 좋았는지 아느냐는 등, 표현하기 곤란한 경우에는 속어로 얼버무리며 계속 지껄여댔다.

석간 제3판 마감 무렵 하복부를 강타하듯 호외 발행을 알리는 경

보가 울리자 정치부 데스크로 사람들이 급히 몰려갔다. 공산당 탄압에 대한 정부 발표가 있었던 것이다. 부부장인 하라구치는 바로 수화기를 들더니 사람들의 이목을 꺼리는 듯한 목소리로 지금의 탄압을 둘러싼 숨은 이야기와 조선의 전쟁상황에 대한 나쁜 소식 등을 누군가에게 보고하기 시작했다. 기가키는 필시 정계 아니면 재계의 보스에게 정보를 제공하는 것이리라 생각했다. 하라구치는 전화를 끊고 곧바로 다시 수화기를 들고 어떤 잡지사에 전화를 걸어 시국 해설을 할 준비가 되어있으니 취재를 하러 오라고 하고는 수화기를 놓자마자 급사를 향해 ,

"어이 보이! 원고용지 좀 가져와! "

라며 소리를 지르고는 볼펜으로 거칠게 시국 해설을 갈겨쓰기 시작했다. 하라구치는 덩치가 큰 서양사람에게나 어울릴 법한 뿌리 형태가 그대로 드러나 있는 거대한 파이프를 입에 물고 짙은 연기를 뿜어대면서 맹렬한 기세로 펜을 움직이더니 삼십 분도 채 되지 않은 사이에 열 장 이상의 원고를 써재꼈다. 기가키는 그 원고가 활자로 바뀌고 수십만 부가 찍혀 일본 구석구석에까지 침투해가는 광경을 머릿속으로 그려 보았다. 그러나 잡지뿐 아니라 자신이 아침부터 잇따라 번역해온 신문 기사조차 무서명인 까닭에 더한층 움직이기 어려운 진실로 사람들 눈에 비치는 것은 아닌가 생각했다. 그는 다시 커미트먼트라는 단어를 떠올리고는,

"예상대로다……"

라며 문득 중얼거렸다.

그때 회의실에서 편집총무가 전화로 동아부東亞部 전원과 논설위원 등 한국전쟁 대책을 의제로 연합회의를 열어야 하니 일단 데스크는 기가키에게 맡기고 모두 회의실로 오라고 했다.

열한두 명의 인간들이 우르르 빠져나갔는데 약 삼십여 분 동안 이상하리만치 이렇다 할 중요한 전문도, 전화로 송신하는 기사도 오지 않았다.

"예상대로다……"

뭐가 예상대로라는 것인가. 그는 2년 전에 S신문사를 그만둔 이래 교코京子와 함께 번역 하청 일 등을 하며 바지런히 생계를 이어왔다. 그런데 조선반도에서 전쟁이 발발하자 신문사마다 동아부 및 총사령부의 전황 발표를 다루는 섭외부가 갑자기 바빠지면서 일손이 부족하다는 이유로 이 신문사에 임시보조로 채용된 것이다.

2년 전 그가 S신문사를 나왔을 때의 그 퇴사방식을 되돌아보아도 찜찜한 대목이라고는 거의 없었다. 전후에 발족한 신흥 언론사였던 S사는 갑자기 경제적 위기에 빠져 출처가 수상한 자본을 끌어들이지 않고는 버틸 수 없는 상태에 이르렀다. 종업원조합은 연일 밤 10시 무렵까지 집회를 열어 신자본을 수용할지 말지를 두고 논쟁했다. 물론 대세의 향방은 이미 정해져 있었다. 그 마지막 집회에서 결정을 내리기 직전 스물 예닐곱의 젊은 문화부 기자가 손을 들었다.

"긴급 질문 드립니다. 그렇다면 위원장님은 우리를 저 저주스러운 전쟁으로 내몰고 게다가 전쟁으로 피둥피둥 살이 찌고 지금도 호시

탐탐 부활의 길을 노리는 추방자본을 이 회사에 끌어들임으로써 그 자본의 대변자가 중역으로 들어와 편집 방침을 간섭하는 최악의 조건을 인정하자는 말씀입니까? 어떤 근거도 없습니다만 그 자본은 지금 의옥疑獄사건으로 법정에 제기 중인 S전기공업 건 관계자로부터 나온 것이라는 소문이 돌고 있습니다, 어떻게 생각하시는지요, 답변 부탁드립니다."

생각해 보면 그때부터 이 나라의 사회는 밑바닥부터 흔들리고 있었던 것이다……. 위 질문에 위원장이 뭐라 대답했는지 기가키는 이미 잊어버렸다. 어쩌면 잊어버릴 수밖에 없는, 어떤 구체성도 없는 답변이었을 것이다. 영업부나 광고부, 물론 편집국 내부에서조차 "이제 와서 추방자본이니 뭐니, 젊은 놈들은 정말 답답해. 저 자식 혹시 공산당원 아냐?" 그런 이야기들을 했다. 질문을 한 청년은 물론 공산당원이 아니었다. 기가키도 한 때는 저 정도면 입당해도 될 것 같다고 생각하고 있었으나 느닷없이 가톨릭 신자가 되어 주위를 놀라게 한 청년이었다. 그는 그 집회에서 한 마디도 발언하지 않았다. 신자본이 들어와 S신문사가 일반 신문을 접고 경제 신문으로 전환한 탓에 당시 문화부 계열에 몸담고 있던 그는 마땅히 할 일이 없어졌다고 판단하고 회사를 그만둔 것이다. 추방자본 도입에 선명하고 뚜렷한 반대 의사가 있었기 때문은 아니었다. 정확히 말하면 교코와의 동거생활을 위해 집 문제, 아니 방 문제로 곤란한 상황이라 퇴직금이 필요하다는 단지 그 이유 하나뿐이었을지도 모른다. 그 무렵 퇴직한 사람들은 스물 몇 명이었는데 확실히 추방자본의 도입에 반대하는 입장에서 그만둔 경우는 그 질문을 한 독신이자 가톨릭 집안의 청년뿐이었다고 해도 과언이 아니다.

　인간이 기계화된 사회를 만나면 생활의 즐거움을 잃는다고 주장하는 사람이 있다. 그럴지도 모른다. 그러나 텔레타이프가 끊임없이 해외로부터 송신해오는 전문을 번역하여 흰 원고지에 일본어로 옮긴 글을 거칠게 처넣어 그것이 곧바로 인쇄된다. 발바닥으로 울려오는 윤전기의 둔한 맥놀이를 몸으로 느끼는 순간을 전율이라고 하면 지나칠지도 모르겠으나 거기에는 일종의 야릇한 육체적 쾌감 같은 것이 있다는 사실만큼은 부정하기 힘들다. 2년간의 낭인 생활 중 항상 신세를 진 S신문사 시절의 간부였던 T 씨를 통해 지금 일하고 있는 이 신문사의 호출이 있었을 때도 기가키는 여러 생각을 했다. 그러나 윤전기의 그 맥놀이 같은 아우성은 그의 마음속의 여린 부분을 흔들어 놓아, 그는 일본이 완전히 독립하기 전에는 신문사 일에 종사할 수 없다는 맹세 같은 것을 마음속 어딘가에 철회해 두려고까지 애쓴 것이다. 그리고……T 씨의 호의를 무화해서는 안 된다, 다만 일시적으로라도 신문사에 나가야 한다, 라는 식으로 불리한 것은 T 씨 탓으로 돌려 이를테면 일종의 어쩔 수 없는 사고로 치고 출근해 참혹한 전쟁에 대한 외신 보도를 담배를 빡빡 피워가며 번역한 지 오늘로 열흘째였다. 그리고 그는 투덜거렸다.

　"예상대로다 …… "

안내 창구로부터 전화가 왔다.

"OA통신의 외국인 한 분이 오셨는데 섭외부는 회의 중이시죠? 어떻게 할까요?"

엉겁결에 기가키는,

"들여보내!"

라고 답하고 자기 스스로도 놀랐다. 임시보조에 지나지 않는 그는 책임이 따르는 문답을 할 수 있는 입장이 아니다. 그러나 일본인 이외의 사람, 특히 전쟁 당사자에 해당하는 미국인이 이 전쟁을 어떻게 받아들이고 있는지 직접 들어보고 싶은 강한 욕구가 생겼다. 그는 그 외신기자를 기다리는 동안 옆의 외신부 데스크에 쌓여있던 외국 신문 한 장을 집어 들었다. 표제가 Gazette de Genève로 되어 있는 스위스 신문이었다. 일본의 신문보다 훨씬 큰 판형에 편안한 형태의 활자들이 배열되어 있었다. 일본의 신문은 마치 활자가 막혀있는 느낌이 드는데 이 스위스 신문은 독어와 불어로 된 두 언어의 기사가 앞뒤를 장식하고 있는 것 같았다. 예를 들면 'Corée'라는 프랑스 문자가 크게 나와 있어도 그것이, 그가 매시 매분 다뤄온 'Korea'라든가 '조선'과 같은 의미를 띤 말이라고는 여겨지지 않았다.

------활자들이 느긋해 보이는군!

이라고 느끼며 1면을 들여다보자 그것은 문예란으로 파리의 문단 소식인 듯한 내용을 전하고 있었다. 〈사르트르 씨, 다시금 모리악 씨와 논전〉이라는 표제어가 눈에 띄었다. 기가키는 이 세계적으로 유

명한 사르트르의 작품을 무엇 하나 읽은 적은 없지만 그래도 흥미를 느껴 기사를 읽어나가던 중 책상에서 다리를 내리고 신중한 자세를 취했다.

그것은 문단 가십이라 보기에는 상당히 노골적인 내용이었다. 사르트르가 장 카수Jean Cassou, 앙드레 지드, 베르코르Vercors, 루이 아라공Louis Aragon, 장 게노Jean Guéhenno 등 좌익 내지 진보적이라 불리는 작가, 시인들과 더불어 프랑스 정부에, 중공을 승인하게 하고 중공에 대한 국제연맹 가입 반대를 정지시킴으로써, 국제관계의 긴장 완화에 공헌하고, 또 인도의 평화유지에 대한 지원을 전제로, 평화와 독립 프랑스를 위해 호소한 가톨릭 작가인 모리악에 반기를 들었다는 내용이었다. 기가키는 이런 명분에 덤벼들다니 대체 모리악에게 어떤 구실이 있는 것일까 라는 약간의 미심쩍은 생각이 들었다. 모리악이 주장하는 바 이제 와서 프랑스의 독립 운운하는 것은 어처구니없는 어법이 아닐 수 없다. 가장 먼저 미 국방성=펜타곤이 독립이라는 말을 프랑스의 분파 행동의 발로로 여긴다면 결국 프랑스는 소비에트 기계화군단에 유린되어 버릴 것이다. 만약 사르트르나 지드에게 여전히 자유인으로 살다 자유인으로 죽고, 스스로 진실이라 믿는 부분을 사유하며 쓸 기회가 있고, 자칭 독립 프랑스인이라 할 수 있다면, 그것은 미국의 무력을 배경으로 하는 국제연맹이 그들의 서재를 지키고 있기 때문이다. 일을 할 수 있는 것 자체가 애당초 미국의 덕택인 것이다. 중공의 국제연맹 가입이네, 프랑스의 독립이네 운운하여 프랑스에 대한 미국의 불신을 초래하는 짓은 끔찍한 착오다…….

기가키는 이와 비슷한 논쟁을 스위스나 프랑스가 아닌 일본의 종합잡지에서 몇 번인가 읽은 적이 있는 듯한 느낌이 들었다. 모리악의 말 중에 프랑스를 일본으로 치환하면 고스란히 맞아떨어지지 않는가……. 기가키는 이따금 자기도 모르게, '나는 내셔널리스트인가' 라고 자문한 적이 있었는데 그의 마음속에는 '국가의 독립과 정신의 독립은 불가분한 관계에 있다' 라는 편집 개념 같은 것이 있었다.

노출 콘크리트 바닥은 지하실에 있는 다섯 대의 윤전기가 풀 가동한 탓에 디젤 선박처럼 희미하게 진동하기 시작했다. 만일 신문에 세상의 난제들이 하나씩 해결되어 사람들의 불안을 잠재울 뉴스만 실려 있는 상황이라면 이 진동을 얼마나 기분 좋게 느낄 것인가. 〈신문이여, 날아라, 평화의 비둘기처럼〉이라는 문구는 어느 때 신문주간인가 뭔가의 표어로 기가키는 문득 그것을 떠올리고 땀을 닦으면서도 등골이 오싹했다.

------이렇게 더운데 을씨년스러운 일뿐이다.

을씨년스럽다, 그렇게 머릿속으로 되뇌자 아까부터 commit, commitment에 신경을 쓰고 있던 것이 모리악의 말을 접하고 단숨에 선명해지는 것 같았다. 지금 그가 거들고 있는 신문의 입장은 비유하자면 확실히 모리악 쪽이다. 그리고 사르트르, 지드의 입장에 선 잡지가 그 입장으로 인해 출간할 수 없게 되었다는 소문을 이삼일

전에 들은 것이 떠올랐다.

------이 신문의 보조를 담당하고 있다는 사실은 개인적인 생각과는 관계없이 일체의 타자에 대해 분명히 지금 여기의 나 자신이 모리악의 입장에 선 범주 속으로 들어가 이를 지지하고 요컨대 그렇게 한 발짝 내딛었음commit을 의미한다.

기가키는 다시 땀을 닦았다. 그리고 지난 밤, 전후에 그가 상하이에 억류되어 있었을 때 알게 된 국민당계 중국인 기자 장궈쇼우張国寿와 요코하마에 함께 갔을 때 이른바 특수경기特需景氣에 취한 노동자들을 본 기억을 떠올렸다. 장궈쇼우가 그것을 보고, '봐봐, 역시 일본인들은 전쟁을 반기고 있잖아' 라고 한 말도 생각났다. 과연 노동자들은 주머니 사정이 좋은 듯 들떠 취해 있었다. 그러나 장이 말하는 노골적인 기쁨이나 만족스러운 표정이 그들의 얼굴에 있다고는 받아들이기 힘들었다. 그는 또,

"그 폭탄 있잖아, 몇 발 째였는지는 잊어 버렸지만 휙 들어 올려 매면 어깨에서 쭈르르 미끄러지더라고, 정말 간담이 서늘했어."

그런 말이 귓결에 들려왔다. 그 노동자들의 눈에서 기가키는 불안, 불만, 굳이 말하자면 어떤 꺼림칙함 같은 것을 느꼈다. 그것은 기가키 자신의 기분을 반영한 것이나 다름없을지 모르지만 폭탄을 짊어짐으로써 그들도 속마음과는 상관없이 한 발짝 한계를 넘어선 것은 아닐까. 그러나 한계란 무엇인가. 신문사 등으로 출근하지 않고 요컨대 조직이나 현실로 들어가지 않은 채, 지난 2년처럼 집에 틀어박혀

탐정소설, 통속소설, 모험소설, 급기야 세계대전기록 등 손에 닿는 대로 돈이 되는대로 번역하는 일이 한계를 넘지 않고 손을 더럽히지 않고 지내는 행위라 할 수 있는가. 그런 것은 있을 수 없다. 그의 집 근처에 사는 사람 중 공산당 관련 신문사에 적을 둔 이유로 추방당한 K가 기가키 집으로 커피, 치즈, 버터, 비누, 의류 등 미제와 영국제 제품들을 행상하러 오곤 한다. 그 사람은 올 때마다 암시장의 물건이 아니다, 미군의 정규 방출품이라 했다. 변명하는 듯한 구석은 이만큼도 없었다. 그러나 아무리 싸고 양질의 제품이라 해도 그것이 팔린다는 것은 일본의 민족 산업의 입장에서는 모진 일이 아니겠는가.

호외를 팔기 위해 걷는 이의 방울 소리가 들린다. 공산당 탄압에 관한 뉴스가 퍼져나간다. 그러나 이를 조금도 탄압이라 여기지 않는 사람도 있을 것이다. 기가키는 자신이 비록 무엇을 생각한다 쳐도 그 번뇌는 틀에 주조한 것처럼 고정되고 어딘가에서 굴절되어 늘어나지 않을 것임을 깨닫고 마음을 달래려 창가로 갈 참이었다.

"Hullo, good day! Is everybody out?"

기가키의 얼굴 위에서 정말 good day라 할 정도로 딱 맞고 조금도 그늘 없이 밝은 목소리가 들렸다. 십 일 전 그가 처음 데스크에 도착한 날 만나 안면이 있는 외국인 기자가 의자에 손을 얹고 있었다.

OA통신의 하워드 헌트Howard Hunt였다. 그는 부장 자리를 턱으로 가리키며 모두 자리를 비웠느냐고 묻고는 오픈칼라셔츠에서 돌출한 우람한 팔뚝으로 얼굴과 목덜미의 땀을 닦았다. 지금 회의 중인데 십

분 정도면 끝날 테니 기다리는 게 어떻겠느냐고 묻자 알았다는 의사를 온몸으로 드러내며, 천천히,

"All right."

라 대답했다. 그리고 기가키 옆에 있는 의자를 끌어당겨 여태까지 그가 읽고 있던 스위스의 신문을 들여다보았다. 그리고는 "사르트르, 사르트르, 일본에서까지 사르트르가 유명한가?" 라고 살집이 좋은 입매로 빈정거리듯 중얼거리면서, 방금 전 기가키가 읽은 사르트르와 모리악의 논쟁 기사를 읽어 내려가더니,

"프랑스인들이 허둥대고 있군!"

이라고 했다.

"아니, 프랑스인들은 생각하고 있는 거야"

라고 그가 대거리를 하자,

"생각하고 있는 사이에 당할지도 모르지"

라며 응수해왔다. 기가키는 이 대답에 감응을 느껴 형식적인 인사를 단번에 넘어선 듯한 기분이 들었다.

"가령 당할 때 당하더라도 생각할 것은 생각해야지. 이 기사에 따르면 모리악이 두려워하는 것처럼 보이지만, 사르트르나 지드는 미래를 향한 길을 열기 위해 생각하고 있는 것 같아. 일방적으로 대립의 골을 깊게 하는 사고방식이나 공포에서는 행복한 미래가 생겨나기 힘들지."

헌트는, 아이고 뭐가 그리 복잡하냐는 식으로 어깨를 으쓱 올리며

다른 말을 꺼냈다.

"나는 방금 전 조선의 전선에서 막 돌아왔는데 이번 전쟁을 통해 일본인들의 사고에 어떤 영향이나 변화가 있었던가?"

"미국식 여론조사에 따르면 미국에 의존해야 한다는 감정이 한층 깊어진 것으로 나타났지."

"왜일까?"

자명한 사실이지만 자네 개인의 의견이 듣고 싶다는 식으로 헌트는 입가의 긴장을 풀고 있었는데 몇 시간 전까지 조선의 아수라를 목격하고 있었을 그의 눈은 웃고 있지 않았다.

"전쟁의 공포, 정복당하거나 지배받는 것에 대한 혐오!"

"그러나 미국은 자네 나라를 정복해 지배하고 있지!"

"그래, 그러나 앙코르는 사양하겠다는 의미야."

"하지만 다른 나라의 정복이나 지배는 전쟁의 결과로서 사양하든 말든 호불호와 상관없이 이루어지는 거지. 앙코르를 사양하겠다면 미국에 의존하지 말고 자력으로 방위하려는 생각을 왜 하지 않는 거지?"

"무기는 헌법으로 금지되어 있고 향후의 전쟁에서는 한 국가만의 저항이란 미국과 소련을 제외하면 어떤 나라도 불가능할 거야. 때문에 프랑스가 생각하고 있는 거지. 일본도 생각 중이고. 사르트르, 지드 등이 모리악에게 반발하려 한다면 그것은 어쩌면 모리악의 사고가 공포에 뿌리를 내리고 있기 때문일 거야. 공포는 판단 기준에 대한 확신을 잠식하지. 세계에 공통의 판단 기준이 없어지면 모든 논쟁은 반대 측에 고려의 대상이 아닌 도전으로 받아들여지게 될 거야. 그렇게 되면 이성은 그 역할을 다하지 못하고 역사는 인간의 사고와 기원을 제거하여 자동 파국으로 치닫게 되는……”

단어를 짚어가며 떠드는 동안 기가키는 심장이 점점 두근거려오는 것을 느꼈다. 헌트에게 이런 일은 그저 일상의 대화여서 논쟁거리조차 되지 않을지도 모른다. 그런데도 어쩌자고 자신의 심장 고동은 점점 빨라지는 것인가. 나 자신이 공포에 사로잡혀 판단 기준에 대한 확신을 잃어버렸기 때문인가.

기가키가 말을 중단하자 헌트는 그가 한숨을 돌리려는 것이라 여기고 담배를 권했다. 기가키는 헌트에게 영향을 받지 않고 자신의 의견을 정리하려는 뜻에서 그의 담배를 마다하고 자신의 담배를 꺼냈다. 불을 붙여 한 모금, 두 모금 피운 대목에서,

“그렇게 되면……”

이라며 헌트는 털복숭이 손으로 다시 땀을 닦고는 기가키에게 다음 말을 재촉했다. 기가키는 어쩐지 추궁을 당하고 있는 듯한 기분이 듦과 동시에 이 기회에 자신의 생각을 분명히 해 두자고 마음먹었다.

기가키가 말없이 생각에 빠지자 헌트도 잠시 조선에서 흘린 피를 지속적으로 봐 왔음에 틀림없는 날카로운 눈길을 내리 깔고 가슴속의 무언가를 억누르듯 큰 손을 무릎 위로 올렸다. 그러더니 한마디,

“조선의 정황은 심각해. 그러나 미군이 바다로 내던져지는 일은 결코 없을 거야. 미국인이 피를 흘리며 견디는 사이, 나도 생각할 테

니 기가키! 자네도 충분히 생각해 줘”

라며 백인 특유라 해도 좋을 만큼 솔직한 어조로 말했다. 그리고 부장 소네다를 먼저 만날 작정이었으나 회의가 꽤 길어지고 “모두 생각하고 있는 모양”이니 우선 편집국장을 만나겠다고 말하고 기가키에게 손을 내밀었다.

두세 걸음 걸었을 무렵 헌트는 다시 돌아와,

“내일 서른네 번째 생일을 맞이하는데 저녁 6시에 외신기자 클럽으로 오지 않을 텐가, 다른 기자들과도 이야기하게 말이야”

라고 했다.

한동안 끊겨있던 전보가 소속 들어오기 시작했다. 이웃 외신부 데스크 근처에 놓여 있는 텔레타이프가 울리는가 싶더니 워싱턴, 런던, 파리, 모스크바, 캔버라, 부에노스아이레스에서, 또 뉴 델리 방송은 히말라야 맞은편 신장성新疆省에서조차 인간 사회생활의 목적에 대한 공감이 정지하여 미증유의 동요가 일어나고 있음을 전해 왔다. 기가키 혼자서 처리하기 힘들어지자 회의실에 전화를 걸어 도움을 요청했다.

미쿠니가 달려왔다. 데스크에 도착하자마자 그는 곧바로 책상을 가득 채운 전황 관계 전문을 보려고도 하지 않고,

“당신이 한 말이 상당히 문제가 됐어요.”

라고 했다. 순간 기가키는 무슨 영문인지 짐작이 가지 않아 더욱더 연필을 놀리면서,

“뭐라구?”

라고 반문을 해놓고도, 번역을 서두르면 서두를수록 글자가 커지는
군 등의 딴 생각을 하고 생각하고 있던 차라 댓구에는 크게 신경 쓰
지 않았다.

　"당신이 북조선 공산군을 '적'이라 부르는 건 무슨 의미인가, 라고
했잖아요. 그거예요."

　"싱겁기는, 그게 어쨌다고?"

　"사상이 의심스럽다는 거죠. 특히 부부장 하라구치가…… "

　기가키는, 아까 정계인가 재계의 보스급 인사에게 전화를 걸어, 최
악의 경우는 말입니다, 요컨대 증원군의 도착이 늦어지거나 하면 말
입니다, 바다로 내몰리는 경우가 없다고는 할 수 없는 정세 말입니
다, 그래서 말인데요, 그렇게 되면 재군비, 아니 그……경찰대의 증
강이 불가피하기 때문에 말입니다, 우선 섬유제품이나 피혁, 목재 등
은 말입니다……등등을 말하던, 하라구치의 도톰하고 이상스럽게
빨간 입술을 떠올렸다.

　"쳇, 사상이 의심스러우면 그렇게 되는 건가?"

　"쳇이 아니라 그렇다니까요. 당신이 바쁘다는 이유로 지원군을 부
르지 않았어도, 저 자신부터가 회의 석상에서 '너는 이 회의에서 빠
져'라는 식의 눈초리와 취급을 받았으니까요."

　"자네가……그건 또 무슨 이유람?"

　문득 기가키에게 아까 한 (당원 아닐까) 하는 의문이 다시 고개를
들었기 때문에 연필을 놓고 반문했다.

웃통을 벗은 건장한 체구의 지방부장이 우당탕 달려왔다.

"부장 어딨어, 부장? 폭격이라고 폭격!"

미쿠니의 손이 재빨리 전화기 쪽으로 향했다. 지방부장의 손에서 원고를 잡아채 회의실에 있는 부장을 부르자마자 기가키에게 눈으로 신호를 보내 특약 외국통신사와의 직통전화를 가리켰다. 말도 없이 젊은 미쿠니에게 원고를 빼앗긴 벌거숭이 사십 대 남성 역시 다른 전화기를 들고 인쇄국에 호외 발행을 준비하라고 명령했다. 소네다 부장은 아니나 다를까 그 정보에 대해서는 특약 외국통신사에 문의부터 하라고 지시했다. 기가키가 쥔 수화기 속에서는 벌써 감미로운 여자 목소리가 헬로—, 헬로— 라고 말을 걸어오고 있었다. 미쿠니가 기가키에게 원고를 넘겨주었다. 통신사 주임을 바꿔달라 하여,

"일본 해안의 T시 지국에서 T현 경찰을 통해 얻은 것이라며, 국적 불명의 비행기 여섯 대가 해안에서 아주 먼 바다 상공에서 공중전을 벌이다 바다 속으로 여러 발의 폭탄을 투하하고는 날아가 버렸다는 정보를 보내왔는데 그쪽으로 이런 뉴스가 들어왔는지 또 관계자들은 확인을 하고 있는지?"

등을 문의했다.

해당 통신사에 그런 정보는 들어와 있지 않았다. 미쿠니는 이미 다른 통신사를 호출하였으나 거기도 사정은 마찬가지였다. 데스크 주위로 사람들이 몰려들어 너나 할 것 없이 '폭격이야? 폭격이라고?' 등등 흥분을 감추지 못했다, 아니 즐기고 있었다, 고 하는 편이 어쩌

면 더 정확한 표현일지도 모르겠다……. 이 사람들은 이 미확인 정보를 '폭격'이라 단정하고 우쭐우쭐 소곤거리며 오늘 저녁 술안주로 삼을 것이다…….

소네다는 전화로 특약 외국통신사가 공식 뉴스로 발표하기 전까지 유보하라고 지시했다. 벌거숭이 상태의 지방부장은 이제야 자신의 손으로 되돌아온 원고를 들고 휘저으면서 호외 준비 중지를 알렸다. 인쇄국은 이 중지 명령에 열을 단단히 받은 듯 수화기가 부서져라 큰 목소리로,

"어디서 속단하고 지랄이야, 일본은 아직 참전이 아니라고!"
라며 고함치는 소리를 곁에 있던 기가키도 들을 수 있었다.

부부장 하라구치가 달려와 지방부장의 등짝을 찰싹 때리며 말했다.

"이봐, 특종이 짓이겨져서 분하고 원통하겠다는 말이 딱 어울리는 순간이구만. T지국장 잘 달래주고 말이야. 그런데 말이야" 갑자기 그는 목소리를 낮췄다. "마침내, 쳐들어온 거야, 안 그래? 이쪽도 위험하게 됐어, 다시 철모를 끄집어내야 할지도 몰라, 이봐, 난 말이야, 조심스럽게 보관해 두고 있단 말이지."

이미 이 사람들은 한 발짝 내딛고commit 불길한 멜로디에 박자를 맞추어 버린 것은 아닌가, 기가키는 실룩실룩 움직이는 벌거숭이 사내의 거대한 등 근육을 보면서, 우울해지고 있었다. 최대의 불행은 최대의 뉴스인 것이다. 게다가 최대의 불행 중에서도 시간적으로 가장 영속성이 있고 변화무쌍한 것은 전쟁이다.

섭외, 동아, 논설, 편집, 총무 등 전원, 거기에 정치부 및 경제, 외신 요원을 더한 연합회의에서 무엇을 논의했는지는 알 수 없지만, 그들은 이미 '쳐들어온 거야' 쪽으로 기운 게 아닐까. 만일 그들이 미쿠니가 말하는 '적', 그리고 지금의 '쳐들어온 거야' 라는 방향으로 포진하여 그러한 마음가짐으로 편집에 임한다면 거기에서 일본의 운명이 결정지어져 버리는 것은 아닐까……. 게다가 그런 신문의 보조로서 거들고 있는 상황은 어떻게 이해해야 하는가, 어떤 책임을 지고 있는 것인가.

하라구치와 지방부장은 소리죽여 무언가를 이야기하고 있었다.

"여섯 시부터 부장 이상 전원 긴급회의야, 쉬고 있는 놈도 비상호출하고!"

"흐------ㅁ"

그런 소리가 들렸다.

무언가 빅뉴스가 들어오면 여태까지 중대하게 여겨지던 뉴스가 갑자기 퇴색해 별 볼 일 없는 것처럼 보이게 된다. 미쿠니는 열 자루 정도의 연필을 늘어놓고 정력적으로 전보를 정리하고는 하라구치의 책상으로 보내고 있었는데 기가키는 이미 흥미를 잃은 뒤였다. 피곤하기도 했다. 창밖을 바라보자 오후 네 시의 태양이 주위에 아랑곳하지 않고 멋대로 지어져 조화롭지 못한 일본의 중심부를 작렬히 비추고 있었다. 한 마리, 두 마리, 아무래도 다른 비둘기들처럼 진열을 가다듬고 날지 못하는 놈들이 있었다. 저런 녀석들을 두고 열등 비둘기라 하는 것이리라. 기가키는 그 열등 비둘기가 결국에는 어떻게 될지 범상치 않은 마음으로 주시했다.

급사의 책상 위에 놓인 전화가 울렸다. 급사는 야학에 가고 없었다. 기가키가 수화기를 들자 2세 도이의 즐거운 듯한 목소리가 튕겨져 나왔다.

"오늘밤 12시 반에 하네다로 미국 수영선수단이 도착해. 걔들한테 인터뷰 가야 하니까 사진부하고 차량 담당에게 철야라고 전해줘, 야식으로 초밥 4인분 주문해 두고. O·K?"

말꼬리가 올라가는 O·K를 마지막으로 도이는 대답도 듣지 않고 전화를 끊어 버렸다. 상대를 급사라 확신하고 있는 것 같았다. 그야 상관없지만 뭐라 특정하기 힘든 화 비슷한 것이 치밀어 올라와 무심결에,

"초밥이든 뭐든 4인분이든 400인분이든 주문해 주마!"

라고 하자 하라구치가 불쑥 얼굴을 들어 입을 떡 벌리고, 뭐라 지껄이는 거냐는 식으로 기가키를 째려봤다. 그때 섭외, 동아, 그 외 부원들이 돌아왔다. 회의가 끝난 것이다. 소네다 부장은 자리에 앉자마자 방서복 윗옷을 벗어 목덜미에 땀이 얼마나 스며들었는지 세심하게 살폈다. 국장실에서 하워드 헌트가 나와 기가키에게 친근한 미소를 보내고 나서 소네다에게 손을 내밀었다. 소네다는 순간 기가키를 의아하게 노려봤으나 어딘지 몸이 좋지 않은 듯이 부자연스럽게 웃는 표정을 띠며 흔들흔들 일어나 헌트를 맞이했다.

기가키는 회의 결과가 알고 싶었던 탓에,

"기가키 씨, 잠깐 나가실래요?"

라며 미쿠니가 창가로 왔을 때 동행하여 밖으로 나갔다.

2

우리 일본인, 특히 도회인들은 다방이라는 것을 이상할 정도로 좋아한다. 예를 들면 어떤 회사에 용무가 있어 들른 방문자를 일부러 회사 밖 다방으로 데려가 이야기를 하고, 심한 경우에는, 집으로 찾아온 사람을 집에서 대접하지 않고 근처의 다방으로 데리고 간다. 요컨대 일본의 회사든 가정이든 항상 폐쇄적이어서 소라게처럼 조개껍데기 속에 틀어박혀 다른 사람이 찾아왔을 때조차 그 자세 그대로 대응할 일관된 사회적 객관성이 결여되어 있기 때문인지도 모른다.

기가키는 그런 생각을 하면서 대중연극의 소도구처럼 금방이라도 부서질 듯한 의자에 앉았다. 의자의 등은 분홍색 페인트가 칠해져 있었고 주위를 둘러보자 외국인의 첩인지 여염집 규수인지 분간하기 힘든 여자와, 태평양전쟁 당시 상하이의 댄스홀에 넘쳐나던 나부죽한 중국인 청년과 조금도 다르지 않은 개버딘 복장의 젊은 남자 등이 점령군 방송의 달콤한 멜로디에 취해 흥얼흥얼 고개를 흔들고 있었다.

"기가키 씨는 지난번 신문사를 그만두고 번역과 잡문으로 햇수로

3년을 버텨오셨다던데 정말인가요?”

흰 남방셔츠에서는 일찍이 늑막 아니면 폐를 앓았을 법한 납작한 가슴이 비치고 있었다. 미쿠니의 질문에 기가키는 잠시 당황했다. 기가키는 그런 질문이 아니라 그가 아까 있었던 회의 모습을 막힘없이 이야기할 것이라 여기고 있었던 것이다.

“그래, 어디에도 근무하지 않고 그럭저럭 버텨냈지.”

“정말 버텨냈다는 말씀이죠?”

미쿠니는 이상하리만치 집요했다.

“어째서 그런 걸……”

“그게요, 저 같은 사람이 봐도……수상한 느낌이 들어요. 특히 아까 한 회의 모습 등을 보면……”

“뭐가……?”

“목이 말입니다. 목이.”

“목이라니, 이 회사에도 엄연히 노동조합이 있잖아.”

“있기야 있지요, 그런데 글렀어요, 글렀어, 문제가 안 됩니다.”

“흐음 ……. 사상 문젠가 뭔가로? 자네 당원인가?”

과감하게 물어보자, 미쿠니는 타지 않은 흰 얼굴의 근육을 씰룩 일그러뜨리며 긍정도 부정도 하지 않고,

“저는 원래 외신부에 있었습니다만, 작년 겨울부터 저를 포함한 동료를 한데 묶어 자료부로 내쫓았어요. 거기서 사진 자료를 정리하게 했는데, 조선전쟁으로 사람 손이 부족하게 되자 섭외부로 다시 불

려온 겁니다.”

“나랑 좀 비슷하네, 나는 전 회사에서 신세를 진 사람에게 의뢰를 받아 거절할 수 없는 까닭이 있어서, 어쨌든 오게 됐지.”

“그 까닭이란 게 어떤 거죠, 괜찮다면 들려주지 않으실래요?”

“그거는……. 내가 가정 문제로 말썽을 일으켰을 때, 끼어든, 그런 까닭이야.”

순간 미쿠니는 기가키의 흉중을 간파하기라도 하려는 듯 날카로운 눈매로 기가키의 눈을 직시했다. 그 시선을 피하지 않은 기가키는 당원(이라 단정해 버린) 존재는 동지들 간에 사생활에 끼어들어 비판, 자기비판을 하는 것인가 하는 생각이 들면서, 거기에 강력한 인간연대, 동지의식이라는 것이 있는지도 모르겠다는 짐작과 더불어 조금 견디기 힘든 마음도 들었다.

“어쩐지 자네에게 심문을 받는 기분이 드는군.”

미쿠니는 빙긋 천진난만하게 웃었다.

“그래, 나는 아까 ‘적’에 대한 논쟁 때부터 이렇다 할 근거는 없으나 이 친구는 당원이군, 이라 생각했어. 실제로 그런지 여부는 묻지 않기로 하지. 그럼에도 자네가 이런 신문사에 있다는 사실에 뭔가 석연찮은 느낌을 갖고 있었던 거고.”

미쿠니는 그때까지 장래에 대한 염려를 제외하면 가슴에 개인적인 응어리 같은 것이 없어 시원하고 맑은 눈을 하고 있었는데, 기가키가 ‘석연치 않은’이라 말한 순간부터 어딘지 모를 초조함이 이제 막 20

대를 벗어난 그의 몸 전체에 드러나기 시작했다.

"왜냐하면 우리는 모든 조직 내부에 소속될 필요가 있습니다. 탄압의 대종가에도 숨어있으니까요."

분명히 그럴 것이다. 기가키는 거기에, 당에 가입한 사람들의 무리한 아니 조직적인 강점이 있음을 감지해야 했다. 그는 오늘 아침부터 비록 임시 보조에 지나지 않는다 하더라도 이런 신문사에 일손을 거드는 일은 하나의 commitment가 아닌가 라며 내심 조마조마했던 터라 탄압과 저항으로 긴밀한 연대조직 속으로 생활을 끌어당기고, 저항과 조직의 장래만으로 생활의 의미를 끄집어내는 인간의 모습이, 적어도 그 자신보다는 몇 배나 확고한 것으로 보였다.

"과연, 그렇다면 아무리 악질의 환경 속에 있더라도 당원은 최소한 정신적으로는 구원을 받았다는 의미군. 그러나 당원 이외의 개인은 어떻게 되는 거지, 자네의 이른바 생활을 위해 손을 더럽힐 수밖에 없는 것을 고통으로 여겨 자네들처럼 조직적인……실천적인 꿈으로 감당할 수 없는 사람들은?"

"바로 그거예요, 그런 사람들을 구출하여 해방하기 위해 우리는 죽을 각오를 하고 있는 겁니다."

"그럼 자네는 나를 위해 죽을 건가?"

"그렇습니다! 게다가 내후년은 분명 전쟁이 일어날 겁니다……그 정도는 알고 계시죠……?"

"…………"

기가키가 무언가 말을 걸려다 입을 다물자 잠시 무거운 침묵이 흘렀다. 그러자 갑자기 미쿠니가 질렸다는 듯이 깔깔대며 웃기 시작했다. 그 웃음소리는 어쩐지 일그러진 듯 부자연스러운 데가 있어서, 기가키는 내심 놀라 눈을 들었다. 그러나 그때 미쿠니가 일어나 과일과 과자 등이 진열되어 있는 유리 진열대 쪽으로 걸어가 어떤 케이크를 주문하고 돌아왔다.

"이런 이야기 그만하시죠. 기가키 씨는 번역만 하고 소설은 쓰지 않으시나요?"

그 목소리의 어조로 봐서 미쿠니가 쓰지 않느냐고 묻는 그 소설이란 그가 죽을 각오라 한 것과는 아무 관계도 없는 것처럼 느껴졌다.

"일본 영화에 자주 나오는 카바레 장면, 그렇게 뒤죽박죽 앞뒤가 맞지 않는 것을 억지로 만든 소설이라든가, 오뎅집에 갔다가 여자를 만났다는 식의 소설을 말하는 것이라면 별개의 문제인데……. 만약에 내가 쓴다면 자네들 같은, 이 현대 사회에 분명한 자기 확신과 희망을 품고 살아가는 사람을 주제로 한, 현대 세계 그 자체가 요소인 것을 쓰고 싶어. 그러나 그렇게 하면 개인이 드라마의 주인공이 아니라 사건이라든가 사실이라든가 사고가 주인공이 될지도 몰라."

"그렇겠네요, 그러면, 더, 적극적으로, 발언을, 한다는 뜻이 되겠네요. 그러나 사건이라든가 사고가 주인공이 된다는 사실, 요컨대 우리 같은 자들은 일방적인 신념 환자로 형상화되어 양껏 놀림을 받을 거라는 말씀인가요."

"그럴 일은 없어, 그럴 일은 없을 거야." 기가키는 두 번 부정하고 목소리를 낮췄다. "좌우간 내가 쓰지 않는 이유는, 요컨대 자네가 말하는 발언이 두려워서야. 쓴 것은 아주 나중에까지 남아. 재능의 있고 없고는 차치하고라도 이처럼 어디로 튈지 정체를 알 수 없는 시대에는 증거를 남기지 않는 것이 현명하다고 할 수 있지."

중얼거리듯 그런 말을 하면서도 그는 어쩐지 자신이 '거짓말을 하고 있다'는 느낌에서 벗어날 수 없었다.

"조금 전에 내가, 자네는 나를 위해 죽을 것인가고 물었을 때, 그렇다고 대답했어. 그것을 듣고 나는 전쟁 중에 경험한 것들을 생각했어. 나는 몸이 약했지, 아니 정확히 말하자면 약한 것으로 되어 있었기 때문에 전쟁에 나가지 않았던 거야. 그리고 나와 동년배들이 입으로는 내뱉지 않았지만, 우리는 당신들을 위해 죽는다는, 그런 표정을 짓고 각자의 집을 빠져나갔지. 그걸 떠올렸던 거야. 나는 일종의 꺼림직함과 굴욕감을 느끼느라 괴로웠고……"

거기까지 말하고 기가키는 다시 입을 다물어 버렸다. 그러나 그의 내심은 말도 안 되는 말을 계속하고 있었다. (그리고 전쟁이 끝나자 사람들이 모두 핑계를 대고 회피했을 때 나는 앞으로 절대 끊임없는 굴욕 가운데 자신을 두지 않을 것이라 맹세했다. 그러나……)

"그래서 기가키 씨는 결국 무슨 말씀을 하고 싶으신 건가요, 아무것도 하지 않기로 선택하신 건가요, 그래서 저번 S신문사에서 쫓겨나 집에 틀어박히게 되었다는 말씀인가요. 하지만 번역을 통해 외국의 것을 소개하는 일은 훌륭한 사회적 행위라 생각하는데요."

기가키는 미쿠니가 하는 말을 더 이상 듣고 있지 않았다.

"그렇지"

라고 대답은 했지만 그는 더 이상 대화에 흥미를 잃고 생각에 빠져 있었다.

이러한 대화에 즈음하여 생각에 빠지는 인물은 커다란 사회적 변동, 예컨대 혁명 등의 경우에는 그 생각의 내용이 아니라 생각하고 있는 신체의 형태를 확인하여, 훌쩍 한 달만 지나면 그 생각과는 정반대의 입장으로 데굴데굴 말려들어 갈지도 모른다.

미쿠니는 갑자기 언짢다는 듯이 입을 다물어 버린 기가키를 바라보며 시선을 흔드는 무언가 딱딱한 입자가 눈으로 들어오기라도 한 것처럼 눈을 깜빡거렸다. 어색한 나머지 가게 안을 둘러보고는 같은 신문사 동료인 듯한 한 청년의 테이블 쪽으로,

"잠깐 실례하겠습니다"

라고 말하고는 넘어갔다.

기로에서 선택의 한 쪽은 항상 죽음이다. 어떤 경우에도 사람은 생을 선택해야 하는 것이다. 기가키에게는 1950년의 7월 어느 날, 다방 의자에 축 늘어져 앉아있는 것이, 기가키 코지木垣幸二라는 특정 인물이 아닌, 어디의 누구라 해도 좋을 임의의 인물처럼 여겨졌다. 사람은 선택함으로써 수학의 단위처럼 임의의 존재에서 의미를 가진 특정의 존재로 거듭나는 것이다. 그의 주위에서는 선택이 집어 넣고

몰아넣듯이 이루어지고 있었다. 신문도 경제도 전쟁 쪽으로 고정하여, 여론조사라 칭하는 것에 따르면 국민 대부분도 결정을 내린 것으로 되어 있다. 혹여 그것이 일시적인 공포에 바탕을 두고 있을지언정 말이다. 기가키는 자신의 손을 뚫어지게 바라보았다. 그의 손도 오염되어 있었다. 그리고 그 오염이야말로 진정한 그 자신과 다를 바 없었다. 그러나 그 오염을 정당화하고 구실을 찾기 위해 선택하는 것 또한 자기 자신을 배신하는 행위나 다름없다. 그는 다시금 방출된 커피와 치즈, 버터를 행상하며 다니는, 이웃이자 추방된 당원 K와, 지난 밤 전쟁특수 경기에 취한 노동자를 떠올렸다. 절대적으로 손을 맑게 하는 순수 도덕 같은 것은 존재하지 않는다. 그렇다면 그 노동자의 불그스레한 얼굴이야말로 건강한 존재고, 의자 위에서 '죽어가는' 기가키야말로 사실상 죽어있는 상태가 아닌가.

미쿠니는 흰 남방셔츠에 흰 바지를 입고 이마가 시원한 청년을 데리고 테이블로 돌아왔다.

"다치카와立川라는 친구입니다. 공무국 운전기 부서에서 일하는데 오늘은 쉬는 날인데도 조선의 전황이 궁금해서 나왔답니다"
라고 소개했다.

작은 키에 포마드를 발라 머리를 단정하게 가른 다치카와는 인사를 한 그때 마침 이마로 흘러내린 머리카락을 쓸어 올려 왼편으로 정성스레 매만진 뒤,

"기가키 씨가 번역한 탐정소설, 친구에게 빌려 읽은 적이 있습니다."

"재밌던가?"

고 미쿠니가 묻자,

"응 재미있어"라고 거드름 피우지 않고 솔직하게 대답하는 태도가 기분 좋았다. 그러나 다음 순간 기가키는 놀라지 않을 수 없었다. 다치카와는 미쿠니를 곁눈으로 힐끗 보고, "어쨌든 절대적으로 알리바이가 확립되어 있어서 누가 봐도 범인일 수 없는 놈이 마침내는 범인이 된다는 소설이야. 그랬었지요, 기가키 씨? 그래서 참고가 되기도 했고 하핫"이라는 반응을 보인 것인데 그 곁눈질에는 소박한 생김새에 반하는 뭔가 느낌이 좋지 않은 데가 있었다. 짧은 웃음소리도 다른 상대에게 웃어 보이는 것이 아니라, 말하자면 자기 자신을 향해 웃음 짓는 것이었다. 우울한 자조 등과는 애초 관계가 없는 아주 건조한 공허, 그런 것이 느껴졌다. 행동을 통해 비로소 충실해지는 허무, 기가키는 문득 그런 생각을 했다.

"신문도 마찬가지야, 그렇죠, 기가키 씨"라고 미쿠니는 팔꿈치를 세워 손바닥으로 볼을 괸 채 낮은 음성으로 말했다. "전쟁범죄의 장본인 중 하나는 신문입니다. 게다가 신문에는, 사실 보도를 했을 뿐이라는 절대적인 알리바이가 항상 준비되어 있으니까. 그런데 그 누가 봐도 알리바이가 확실한 놈이 실은 가장 영악한 원흉이잖아⋯⋯. 천황이나 도조 히데키東条英機 식의 놈들이 뭐라든 신문과 라디오가 보도하고 선전하지 않았다면 그런 것쯤 콧방귀도 뀌지 않았을 거야."

기가키는 노동자다운 노동자, 특히 다치카와처럼 자각한 기계노동자와는 지난 신문사를 그만둔 뒤로 거의 접촉이 없었다.

"나는 임시고용직인데다 그것도 오늘로 10일째에 지나지 않은 까닭인지도 모르고, 2년이나 집에서 일을 해온 까닭인지도 모르지만, 어쨌든 이 회사에서 나가면 마침내 자신이 원상태로 돌아왔다고 기뻐할 것 같은 느낌이 들어 앞으로 자신의 일에 착수해야겠다고 생각하는 중인데 자네는 어떤가?"

"그렇지요, 기가키 씨 같은 경우는 분명한 취미나 일을 가지고 계시고 생활비를, 다만 임시직이라면 생활비라 하기도 어려우시겠지만, 어쨌든 그 취미나 일을 살리기 위해 생활비를 벌어오신 셈이라고 생각해도 되겠죠, 일반적인 지식인 셀러리맨처럼 말입니다. 하지만 저 같는 경우는 공장에 들어가 윤전기에 매달려서야 비로소 안심하게 됩니다. 요컨대 생활인 거죠. 물론 생활비라는 면도 있기는 합니다만."

여기에서도 기가키는 대화의 상대가 되지 못했다. 과연이라고 대답한 뒤로 말이 이어지지 않았다. 다치카와의 말을 그대로 믿는다면, 그에게 노동은 단순한 노동이 아니라 이미 하나의 정신적 가치 내지는 하나의 생활이 되어있는 것이다. 기가키는 이를테면 '별도의 생활이 있다'고 말한다. 그러나 그런 것이 과연 있을 수 있을까. 한계가 어디에서나 흐렸고 게다가 그것이 흐리다는 사실을 항상 인지하고 있는 이 생활 말고 어디에 '다른 생활'이 있을 수 있겠는가.

"지금은 우리 윤전부가 형편없는 것을 찍어대고 있지만, 머지않아 우리 자신의 의견을 찍어낼 겁니다, 먼 이야기가 아닙니다."

다치카와의 작은 눈에는 괴이한 광채가 더 빛을 발하고 있었다. 게다가 그 빛은 결코 희망과 같은 반짝임이 아니었다. 아니 그것은 있는 그대로 희망의 빛 자체인지도 모르지만, 그 희망이 혹시 내일 실현된다고 한다면 기가키는 아마도 오늘과 내일 사이에 있는 밤의 심연 속으로 빨려 들어가 버릴지도 모른다. 그리고 다치카와의 눈은, 그가 그 점을 충분히 인식하고 있음을 말해주고 있었다. 적어도 기가키에게는 그렇게 보였다.

미쿠니는 커다란 회중시계를 꺼내어,

"이제 곧 내일 아침 지방판이 나올 시간입니다"

고 말하며 일어섰다.

신문사 입구까지 셋이 같이 걸어왔으나 다치카와가 그럼 이만이라고, 인사한 후 윤전기가 웅웅거리는 지하실을 향해 살짝 등을 구부려 선원이 트랙을 따라 하선할 때와 같은 자세로 민첩하게 계단을 내려갔다.

데스크로 돌아오자 하라구치 부부장이 미쿠니에게 불쑥 전문 하나를 건네며,

"시급히 부탁하네, 그리고 마지막에 주석 다는 거 잊지 말고"

라고 했다. 주석이란 (평양방송은 공산정권의 괴뢰방송이므로 본 기사는 이 사실을 염두에 두고 평가되어야 한다)는 것이다. 하라구치는 이어서 기가키 쪽으로 와서, 아까 기가키가 쓴 원고 하나를 보이면서,

"아직 자네는 현대일본어표기법新仮名遣い이 익숙하지 않은 모양이더군. 솜을 넣은 잠옷을 껴입고 기우뚱 책상다리로 앉아있는 듯한 '이ゐ'자를 쓸 게 아니라, 스마트한 핸섬 보이가 서 있는 듯한 '이い'자로 바꿔서 '있다いる'로 표기해주길 바라네"

라고 했다.

"...... ......"

3

하워드 헌트와의 약속대로 외신기자 클럽으로 들어갔더니 로비는 의외로 휑뎅그렁했다. 그날 이른 아침, 맥아더 원수가 조선의 전선으로 날아간 것을 뒤쫓아 대다수의 기자들도 항공편을 찾아 조선으로 넘어간 것이다. 냉방장치를 설치한 클럽으로 발을 들여놓자 석양 무렵 햇볕 속에서 걸어온 기가키는 땀을 쪽 뺀 기분이 들었는데 하워드 헌트는,

"덥다, 더워"

라며 엘리베이터에서 뛰쳐나왔다.

"내 방으로 가지. 하지만 중국 기자와 함께 쓰는 곳이야."

그다지 넓지 않은 방을 칸막이 같은 것으로 양분하여, 철제 침대와 모포, 거기에 테이블 하나, 의자 세 개가 놓여 있는데도 기가키의 예상과는 달리 손님은 하나도 없었다. 헌트는 방으로 들어오자마자 칸막이 위로 고개를 내밀어,

"헬로우, 장!, 오늘 내 생일이야, 같이 한잔하지 않을래"

라며 옆방이라기보다 칸막이 건너편에서 타이프라이터를 두드리고 있던 중국인 기자에게 물었다.

"Thank you"

라며 미국식 억양의 굵은 음성이 들렸다. 기가키는 그 목소리를 들은 기억이 있었다. 칸막이를 비키며 나온 이는 살집이 좋은 장궈쇼우였다.

"나는 또 누구라고"

라며 일본어로 기가키가 말하자 헌트는 "뭐야 둘이 아는 사이야, 그럼 소개하는 수고는 덜었네" 라고 말하는 투로 두 사람을 번갈아 보더니, 보이가 가지고 온 코카콜라, 맥주, 위스키, 자쿠스카 등을 테이블 위에 늘어놓은 다음 아무렇게나 컵을 들고는 자기가 먼저,

"축하해"

라며 웃어 보였다.

"우리는 상하이 시절부터 아는 사이야. 4~5일 전에도 기가키와는 요코하마에서 크게 한판 했지."

"그런데 말이야 헌트, 우리 말고 다른 손님은 없는 거야?"

기가키가 의아한 생각이 들어 묻자, 헌트는 코로 킁킁 강아지가 낑낑거리는 듯한 소리를 내더니 전화기를 가리키며,

"저기에 두 명분의 대표자가 있지. 8시가 되면 샌프란시스코에서 아내와 딸 아이가 전화를 걸어올 거야. 손님은 그게 전부야. 모두 바빠서 전화 상대에게 혼자 축하할까 하고 생각하고 있었는데 어제 나

눈 이야기가 흥미로워서 자네를 초대한 거지."

몸에 알코올기가 어느 정도 퍼졌을 무렵, 장궈쇼우가 소리를 낮춰,

"기가키, 지난번 술 한잔할 때 자네는 이상한 느낌이 들지 않던가"
라고 물어왔다.

"아니 그다지……"

기가키는 말끝을 흐렸다. 예컨대 무엇이든 최근에는 무엇을 보아도 무엇을 해도 이상한 느낌이 들지 않는 경우란 거의 없기 때문이었다.

헌트는 재빨리 장의 말과 시선에 무언가 이상한 것이 있다는 낌새를 채고,

"이상하다니……뭐가 이상하다는 거지?"
라고 반문했다.

"그게 말이야, 지난밤, 기가키하고 긴자에서 요코하마까지 마시면서 이동했어. 일본사람들이 말하는, 차수를 변경하며 마시는 사다리술梯子酒을 때린 거지. 그런데 술에 취하면 묘한 것이, 나는 차례로 중국인이 경영하는 바나 카바레를 골라서 가게 되더라고. 그 중국인 카바레에 들어가면 항상 눈빛이 좋지 않은 중국인인 듯한 사내가 옆자리로 오는 거야. 그리고 내 이야기, 아니지 우리 대화에 귀를 쫑긋 세우더라고. 아무래도 그렇다니까, 그렇게 생각할 수밖에 없어. 요코하마의 캐세이Cathay라는 카바레에서는 옆자리에서 마시고 있던 일본인들에게 자리를 바꿔 앉게 한 일까지 있었던 모양이야. 그래서 나도 모르게 퍼뜩 깨달은 거지. 이거는 미행까지는 아니더라도 감시나 염

탐을 받고 있는 게 아닌가 하고 말이지……"

"캐세이라는 카바레는 나도 다른 사람이랑 간 적이 있는 것 같은데. 맞아 자네 회사 소네다 부장하고 갔었어."

헌트는 그렇게 반응하기는 했지만 장의 말에는 반신반의하는 듯 기가키를 향해 자네는 아무것도 느끼지 못했어? 라는 표정을 지었다. 장은 기가키가 아무런 말도 꺼내지 못하는 사이,

"기가키, 어쨌든 자네와 함께 있었잖아, 나중에 자네에게 뭔가 성가신 일이 생기지나 않았을까 하고, 그 후로 내심 조마조마하고 있었어."

"결론적으로 그 감시는 중국 쪽의 그거라는 뜻이지?"

헌트는 미간을 좁히며 푸른 눈을 반짝였다. 갑자기 그의 얼굴이 음울한 노인처럼 보였다.

"그건 모르지. 단언하기는 어려워."

"그 정보를 내가 발로 뛰어서 기사화하는 일은 아무 상관 없는 거지? 자네들한테 불똥이 튀게 하지는 않을 테니까."

장이 고개를 끄덕이자 헌트는 주위에 아랑곳하지 않고 큰 소리로,

"헤드라인, 일본에 깔린 중공의 지하공작망!"

이라 했다.

"그 기사로 자네 월급이 백불이라도 오르기를 빌겠네"

라며 장이 맥 빠진 목소리로 대답하자 헌트는 눈치 빠르게,

"미안, 미안, 마음 상하게 했다면 용서하게"

라며 사과했다.

기가키는 외국인을 앞에 두고 너무 취하지 않기 위해 술을 자제하고 있었는데 '감시' 운운하는 이야기가 나온 대목부터 참지 못하고 바쁘게 술잔을 입으로 가져갔다. 만약에 그런 조직이 정말 있다면, 장과 함께 마신 기가키 역시 감시를 받고 있다는 뜻이 된다. 옛정을 돈독히 하기 위해, 그저 외국인과 술을 주고받는 것만으로도 무언가 께름칙한 것이 느닷없이 튀어나올 수 있다……

　　"그런 이야기를 들었더니 왠지 벌거벗은 채 교차로에 서 있는 기분이 드는군."

　　기가키가 헌트와 장 두 사람 중 어느 한쪽을 특정하지 않고 말을 보태자 헌트가 얼른 받아,

　　"벌거숭이는 자네 한 사람만이 아니야, 일본 전체가 그럴지도 몰라. 나는 일본에 온 뒤 4개월간 여러 사람과 인터뷰를 했어. 그런데 지식계급일수록 미덥지 못하게 되더군. 어제 자네와 나눈 모리악의 의견은 아니지만 아메리카 군대가 없어지면 일본은 더 이상 존재하기 힘들다고 말하는 사람이 있는가 하면 좌익 쪽 사람은 그 정반대의 의견을 내비치더라고. 자네는 자네 혼자 알몸으로 생각하고 있노라지만……"

　　세 사람 모두 무엇을 이야기하든 목소리가 작아져 가기 시작할 무렵, 기세도 당당하게 전화벨이 울렸다. 헌트는 살짝 웃으면서 손목시계를 보았다. 시침이 여덟 시 정각을 가리키고 있었다.

　　"왔도다, 우리 마누라와 딸랑구."

헌트는 아내와 딸을 실제로 껴안은 듯이 팔로 큰 현을 그리며 수화기를 쥐어 들고는 느끼한 목소리로,

"Hullo……"

라고 말을 걸었다.

8시라고 정하면, 틀림없이 정각 8시에 수천 마일이나 떨어진 저편에서 전화를 걸 수 있는 세계가 거기에 있었다. 헌트는 기가키와 장에게 윙크를 해 보이거나 비어 있는 왼손으로 껴안는 흉내를 내고, 츄하고 키스하는 소리를 내면서 방약무인의 통화를 해댔다. 장은 잠시 어안이 벙벙한 듯 그 모습을 보고 있다가 금세 한숨을 쉬고는 맥주에 위스키를 부어 단숨에 벌컥벌컥 들이켰다.

"자네 부인과 애들은?"

이라고 일본어로 묻던 기가키는, 아차 싶었다. 하지만 이미 엎질러진 물이었다.

"아내와 아이는 상하이에 있지. 돈이 없었던지라 항전이 끝나고도 좀처럼 충칭重慶에서 빼내오지를 못했어. 그 사이 내전이 벌어졌고 그래도 어떻게 어떻게 해서 상하이로 데리고 왔더니, 혁명……중공이 상하이를 접수해 버렸지. 그리고 요즈음 그녀는 이제 상하이에서 나가지 않겠다, 타이베이 같은 데로 흘러 들어가 구차하게 사는 것도 싫다, 고 그래."

"그렇군…… "

헌트가 귀에 댄 수화기에서는 가끔 새콤달콤한 어린 아이의 목소리

가 '대디 대디' 라며 흘러나왔다. 헌트는 이에 "거기는 지금 1시 정도 되었지, 낮잠 잘 시간이야, 좋은 꿈 꾸고 잘 자……" 라고 말해 주었다.

기가키도 술잔을 앞에 두고 이제 곧 만 두 살이 되는 자신의 아이를 떠올렸다. 그는 취해서 귀가하면 반드시 아이를 깨우는 버릇이 있었다. 오늘 밤에는 깨우지 말아야지, 조용히 자게 내버려 둬야지, 라고 생각했지만 그것을 지킬 수 있을지 여부는 알 수 없었다. 골똘히 생각해 본 적은 없었지만 취해 아이의 잠든 얼굴을 보고 있으면, 전쟁 중 폭탄으로 방공호 출구가 붕괴되어 질식사한 어린이의 조용한 얼굴이 떠올라, 아무래도 깨워서 확인을 해야만 안도할 수 있었던 것이다. 헌트는 즐거운 듯 아이를 대신한 부인에게 일본에서 산 선물 등에 대해 이야기하고 있었는데, 수화기를 왼손으로 바꿔 들고 곁에 있는 종이 쪼가리에 어떤 숫자를 적고 이야기하면서 계산을 하는가 싶더니 서둘러 전화를 끊었다. 아마도 통화가 너무 길어져 예상한 전화요금을 초과할 것으로 판단했으리라. 장은 위스키를 넣은 세 번째 맥주잔을 입언저리까지 가지고 가서는 어두운 표정으로 잔 속을 응시했다. 아까 일본은 벌거숭이다 라고 이야기할 때는 그래도 장의 얼굴이나 기가키의 얼굴에 아직 열띤 데가 있었는데 지금은 각자 처자식을 떠올리느라 이상하게 개인적인, 내부에 똬리를 틀고 있던 표정이 드러나 공연히 술자리 분위기가 어색해졌다. 헌트 혼자서만 쾌활하게,

"샴페인을 사두었더라면 좋았을 텐데, 샌프란시스코의 우리 아파트에서는 친구들끼리 모여 샴페인을 마셨거든. 그런데 여기는 전선

기지니까 맥주하고 위스키의 칵테일로 만족해줘.”

그때 문을 노크하고 일본인 보이가 전보를 들고 들어왔다.

“필름 소진 바로 보낼 것! 이라고” 헌트는 시계를 보더니 “오늘 밤 10시에 수송기 한 대가 떠나지. 거기에 실어 보내자.”

거기까지 혼잣말을 하던 헌트는 손바닥을 탁 치면서,

“그렇지 장, 필름을 부치고 난 다음에 요코하마까지 진출하자고, 그 캐세이라는 카바레로 안내해 주지 않을래, 내가 쏠게.”

장은 얼마간 취한 듯 축 늘어진 동양인다운 눈을 뜨더니 한마디 확실하게 ‘노’ 라며 거절했다. 거절당한 헌트는 기가키의 얼굴을 쳐다보더니,

“기가키, 괜찮으면?”

이라며 진심으로 부탁하는 듯한 어투로 물었다. 기가키는 피곤하기도 했던 터라 거절하고 싶었지만 생일 축하 자리에 불러준 의리도 있고, 또 ‘전선 기지’ 일본의 최전선 중 하나인 비행장이 어떤 곳인지, 어떤 식으로 전쟁의 냄새를 거기에 퍼뜨리고 있는지도 확인하고 싶어 동행하기로 했다. 또 그의 마음속 깊은 곳에는, 장이 말한 조직이 혹시 있는 것이라면 그것이 어떤 상판대기를 하고 있는지도 슬쩍 보고 싶다는 욕구가 숨어있었다. 비행장이든 그 카바레가 모두 일본에 있는 것만큼은 틀림없는 사실이었으나 그 일본은 이미 구석구석까지 일본이 아닐 것이다.

“나는 잘게.”

장은 뚱뚱한 몸을 흔들며 칸막이 쪽으로 갔다. 침대에 묵직한 소리

가 들리는가 싶더니,

"기가키"

라며 일본말로 불렀다. 기가키가 "무슨 일인데?" 라고 물으며 칸막이 위에서 들여다보자 장은 침대에 엎드려 작은 액자의 갓난아이를 보듬고 있는 젊은 중국인 여성의 사진을 보고 있었다.

"2, 3일 안으로, 어쩌면 내일 밤 중으로 나는 뉴욕으로 떠나. 전근이지, 유엔 출입기자로 가……헤어지기 전에 또 만나자고……"

장의 둥글고 큰 얼굴은 번들거리며 빨갛게 빛나고 있었지만 그 음성과 표정에는 국제연합 출입기자라는 화려한 무대로 진출하는 즐거움과 기대 같은 것들이 하나도 없었다.

지프를 몰아 먼저 근처의 A신문사로 이동하여 7층 사무실에서 필름 상자를 메고 온 헌트는 밤의 아스팔트 위를 40마일 정도의 속도로 달리면서,

"아까 장은 일본어로 뭐라고 한 거야?"

라고 물었다. 이 젊은 미국인은 뭐든 알고 싶어 한다.

기가키는 그의 처자식에 대한 소식과 국제연합으로 전근한다는 사실 등을 알려줬다.

"아아 ……"

헌트는 핸들을 잡은 채로 가볍게 고개를 끄덕였다. "나는 일본으로 오기 전에 베를린에 있었어. 설사 장이 혁명에 쫓기는 입장이라 해도 아직 갈 곳이 있는 것만으로도 행복한 거야. 유럽에는 처자식

과 뿔뿔이 흩어진 것은 물론이고 갈 곳 없는 사람들이 수만 명이나 캠프에 수용되어 있어…….” 적색 신호에 지프가 멈춰섰다. 가로등에 드러난 옆얼굴을 힐끗 올려다보니 파란색이던 눈이 갈색으로 바뀌어 반짝반짝 빛나고 있었다. 설마 눈물을 글썽이고 있는 것은 아니겠지 라며 기가키는 언뜻 생각했다가, 어쩌면 정말 눈물을 글썽이고 있었는지도 모른다는 생각이 들었다. “어떻게든 우리는 그런 사람이 행복할 수 있도록 시간을 벌어야 해” 라고만 말하고 헌트는 입을 다물었다.

시간을 번다? 기가키에게는 납득이 가지 않는 말이었으나 이 미국인의 너무 서슴없는 생각을 이해할 수 없을 정도로, 혹시 내가 왜곡되어 있는 것인지도 모르고, 도대체 행복이란 무엇인가를 이미 이해할 수 없게 된 것은 아닌가 하고 반성하게 되었다. 그러나 ‘그런 사람’은 지금 또 조선에 수십만 명이나 되지 않는가?

“조선에도 엄청나게 불행한 사람이 생겨났잖은가……”

“분명히 그렇지. 근대사에 전에 없을 정도의 인간 참극이지.”

근대사에 전에 없었다는 것이 비극적인 것만은 아니지만, 세계대전, 원자폭탄, 그리고 태평양전쟁 이후의 불안한 일본 사회, 그것도 극동 일각에서 타오른 불안에 인간이 태워지고 있는……헌트는 아직 이 근대사를 ‘행복’이라는 측면에서 생각할 수 있다고 보는 것 같지만, 기가키에게는 ‘참극’ 쪽이 먼저 다가왔다. 여기에 이르자 당연히 이야기의 물꼬가 막혀버렸다. 지프는 속력을 높여 내달렸다. 군수

품을 적재한 트럭 행렬이 사이렌을 울리는 지프의 선도를 받으며 질주해 갔다. 어린아이를 부모의 손에서 탈취한 마왕처럼 차가운 바람을 일으키며, 트럭 행렬의 바로 그 목적지에 폭발하여 벌겋게 타오르는 광경이 보이는 듯한 느낌이 들었다.

하늘이 아득하게 밝아왔다. 전투기의 꿩꿩한 폭발음이 지프의 엔진 소리를 불어 재끼고 덮치듯이 울려왔다. 국도에서 벗어나 불탄 자국을 관통하여 넓은 길을 잠시 달리자, 판잣집이 모여 있는 곳에 한 채의 술집 같은 것이 있었다. 헌트는 그 앞에 차를 세우고,

"여기서 기다려줘, 필름을 전해주고 금방 돌아올 테니까"
라고 말하고 다시 가속페달을 밟았다.

"내가 여기 비행장이란 데서 일한 지가 벌써 10년이 넘는구만. 태평양전쟁 중에는 중국이라든가 동남아에 있는 비행장이란 비행장은 다 돌아다녔는데 갑자기 종전을 맞았지. 그래서 비행장은 이제 끝났나보다 생각했는데 고스란히 진주군進駐軍에 연계된 거야, 벌써 10년이 돼간다니까!"

목소리의 주인공은 50대 안팎으로 몸 전체에 옻칠을 한 것처럼 다부진 사내였다.

"일본의 전쟁 일꾼으로 활약했고 지금은 또 미국의 전쟁을 돕고 있는 거지. 재밌는 세상이야."

네다섯 명, 점령군의 번호가 매겨진 작업복을 벗어 어깨에 걸친 토공 인부처럼 보이는 남자들이 각각 입을 맞춘 듯 목에 수건을 두르고

가게 한가운데에 있는 탁자에 둘러앉아 소주를 마시고 있었다. 그 중 딱 한 사람 하얀 반소매를 입은 젊은 놈이 턱을 쑥 내밀고 건너편의, 보기에 지능 발달 정도가 느린 게 아닌가 싶은, 무표정한 남자에게,

"이봐 노가미, 술 맛있지!"

라며 놀리는 듯한 투로 말을 건다. 기가키가 구석의 널빤지에 짓눌린 나무 상자에 앉자 살찐 여주인이 아무 말도 하지 않고 소주 한 잔을 들고 왔다. 미국제 맥주와 위스키에는 어딘지 모르게 기계제품, 그런 비개성적인 냄새가 들러붙어 있어 기가키는 일정량 이상으로는 마시기 힘들었는데, 알코올처럼 투명한 이 음료 또한 지나치게 일본의 전쟁 냄새가 많이 배어 있었다. 젊은 놈은 줄곧 "이봐, 노가미, 노가미"라며 놀려대고 있었는데 그 노가미라는 것이 아무래도 무표정한 남자의 이름이 아니라, 우에노上野를 반대로 해서 노가미野上로 읽어, 우에노 지하도 출신이라는 의미 같았다. 50대 안팎의 인부의 우두머리로 보이는 사내도 불쑥 노가미라 불리는 남자 쪽을 향해,

"전쟁이라는 것은 뭐니 뭐니해도 경기景氣에 좋은 것이지. 전쟁 치러서 득 될 일은 하나도 없지만 어쨌든 이런 놈까지 일을 해서 밥을 먹을 수 있게 되잖아."

"밥뿐이야, 술도 마시고 말이야, 안 그래?"

"그런데 말이야, 생각해 보니 군수공업 대빵들은 억수로 벌어들이겠지, 그렇지?"

"그렇다고 지금 당장 공산당 천하가 되면, 이거……야, 안 그래?"

기가키를 등지고 짧은 목에 깍두기 머리를 한 사네가 손을 목 근처로 가져가서는 목젖을 통해 끼이익 하는 금속음을 냈다.

"규슈에 있는 형님 말씀으로는……"

규슈의 이야기, 홋카이도의 이야기, 그들이 어떻게 그렇게 먼 곳의 사정에 정통한 것인지는 알 수 없었지만 이 사람들에게는 이 사람들만의 독특한 정보망이 있는 것 같았다. 묵묵히 듣고 있는 사이에 흰 반소매 셔츠의 젊은이가 갑자기 적의를 품은 눈초리로 기가키를 잠시 동안 응시하더니 이내 인부의 우두머리에게 뭔가 귓속말을 했다.

"주인장, 계산!"

백 엔짜리 지폐가 탁자 위에 흩어지고 일동은 무거운 발소리를 내며 한꺼번에 자취를 감췄다.

"뭐야, 지프가 안 보이잖아"

라는 목소리가 들렸다.

기가키는 순간적으로 모든 것을 깨달았다. 아마도 그 인부들은 기가키가 지프를 타고 이런 술집으로 들어온 것을 수상히 여기고, 그들의 대화를 감시하러 온 자라 생각했을 것이다.

사람들이 없어지자 순식간에 커다란 쥐 두 마리가 부엌에서 튀어나와 주위를 살피듯이 들락날락 했다. 기가키는 뭐라 말할 수 없는 쓸쓸함을 느꼈다. 그 인부들이 그를 쥐처럼 사람을 의심하는 스파이로 인식한 것은 말할 나위도 없이 서글픈 일이지만 조금 전 장궈쇼우와 헌트 셋서 이야기한 것과 방금 인부들의 이야기 사이에 이렇다 할 차이가 없는 것 또한 그의 마음에 미묘한 감정을 불러일으켰다. 국제정세에 가장 정통한 외신기자들과 그 사람들과의 차이는 요컨대 단어 구사력 말고는 없지 않은가.

기가키의 눈 속에는 흰 셔츠를 입은 젊은이의 날카로운 시선이 찌르고 들어온 그대로 남아 있었다. 쥐가 널빤지를 따라 들락날락 하고 있었는데, 갑자기 생가죽을 잡아당기는 듯한 제트기의 분사음이 덮쳐왔을 때 화장실 아래 도랑 속으로 사라져 버렸다. 쥐를 본 뒤부터 그는 배가 침몰하기 전에 쥐들이 한꺼번에 사라진다는 뱃사람의 전설과 또 매일 아침 신문을 펼치는 순간 어김없이 '답답하네' 라고 말하는 교코의 얼굴이 떠올랐다. 상하이에서 부부가 된 교코의 종전 후 유일한 희망은 아르헨티나로 이주하는 것이었다. 그녀는, 그리고 기가키도 또한 배의 쥐인지 모른다.

그는 밖으로 나가 하늘을 바라봤다.

밤눈에도 선명한 은색의 거대한 기체가 네 개의 엔진에서 네 개의 청백색 불을 뿜으며 서쪽으로 날아갔다. 비행기가 사라진 뒤의 여름 하늘에는 입자가 큰 별이 반짝이고 있었다.

다시 헌트의 지프에 올라타자 헌트는 그 술집에 어떤 손님들이 있었는지 어떤 화제가 있었는지 등을 알고 싶어 했다.

기가키는 흰 셔츠를 입은 젊은이의 눈초리가 언뜻 생각나서,

"요컨대 일본은 누구의 편도 아니다, 일본은 아시아의 끝에 있는 어떤 나라다, 라는 이야기!"

라고 다소 거칠게 정리했다.

　커다란 적십자 마크를 붙인 구급차가 사이렌을 울리며 열 몇 대인가 지나갔다. 조선에서의 부상자를 실어 나르고 있는 것이다. 구급차들이 지나치는 사이 헌트는 금속과 유리로 만든 청결한 케이스에 피를 흘리는 인간을 실은 차의 행렬을 가리키며,

　"저래도?"

라고 다짐하듯이 말했는데 기가키는 대답하지 않았다. 대답하기 위해서는 차에서 내려 걸어가야 한다, 이 이상 동석은 무리다, 라는 판단이 든 것이다. 차에서 내려 대답하고, 기가키는 어쩌면 넓은 밤길을 터벅터벅 헌트와는 반대 방향으로 걸어가야 한다. 헌트는 기가키의 그런 행동을 납득할 수 없을 것이다.

　기가키가 음울하게 입을 닫아 버린 탓에 헌트는 화제를 바꿔,

　"비행장 사무실에서 우송 절차를 밟던 중 자네 신문사의 도이를 만났어. 오늘 밤 수영선수의 후속부대가 도착할 모양이야."

　"그래? 2세였던 도이……"

　"2세 '였던'은 무슨 의미야?"

　"도이는 전쟁 중, 교환선으로 일본에 돌아왔어……그리고 그는 전쟁 중에 하나의 커미트먼트를 했지, 그로 인해 전후 2세가 아니게 된 것을 말해……"

　"커미트먼트?"

　"그래, 그는 전쟁 중에 일본헌병대 통역 담당이 됐지……"

"아아, 그 도쿄 로즈처럼 말이지."

헌트는 일본어로 '아 그래' 라며 고개를 끄덕이고,

"그 때문에 미국의 시민권을 잃게 된 거군. 그런 배신행위를 한 무리가 이탈리아에도 독일에도 있었는데 역시 일본에도 있었군."

"그래, 미국 시민권을 잃고 지금은 일본인 이외의 어떤 존재도 아니야."

"그렇다고 완벽한 일본인도 되지 못하고……"

"그런 것 같아……"

"그가 나에게 사인 수첩을 보여 주었어. 깜짝 놀랐지, 맥아더 부인의 사인까지 있었으니까. 장군, 정치가, 저널리스트, 스포츠선수, 실업가, 배우, 가수 등 다종다양 그 자체! 앞으로는 조선으로 위문을 가는 예능인이 몰려올 테니까 도이의 사인 수첩은 점점 불어나겠지. 그렇게 되기를 나는 바라네, 그것이 조국이 없는 도이의 즐거움이라면 말이야."

"흐음, 나도 기도함세. 일본은 좁은데 사람이 많고, 의식을 같이 하지 않는 사람에 대해 관용적이지 않으니까."

"그러나 나는 그 사인 수첩을 보고 한 번 더 놀랐어, 이렇게나 다수의 유명인사가 일본을 방문했는가 싶어서 말이야."

"일본이 세계의 초점인 셈이군."

"그래, 게다가 그 일본은 자네의 민중적 언어에 따르면 '누구의 편도 아니야I am on nobody's side'……" 헌트는 낮고 고지식한 목소리로 신음하듯 중얼거렸는데 후반부의 말은 엔진의 조용한 회전 속으로 잠겨들었다. 그는 스스로도 그 말의 무게에 놀랐는지 추격하듯 큰 소리로,

"그런데 도이는 자기 일이 끝나면 우리 뒤를 따라 캐세이에 올 모양이야. 자네와 같이 있다고 했더니 깜짝 놀라더군."

일본은 누구의 편도 아니다.

분명히 이 말은 기가키 자신이 한 말이었다. 그러나 그것이 그와 동년배인 미국 청년의 입에서 되풀이되자, 말은 그 무게와 넓이를 훨씬 증폭하여 흡사 기가키가 다수의 사람을 대표하여 무언가 중대한 성명이라도 발표한 것 같은 여운을 띠고 있었다. 게다가 그 말은 어두운 고독의 그림자를 길게 드리우고 있었다.

엔진은 순조롭게 회전하고 있었다. 대화는 끝나 버리고, 한밤중에 가까운 바람은 차갑게 느껴졌다. 일본은---이 아니라, 그저 '나는'---이라고 말해야 했던 것은 아닐까. 그러나 나는 과연 일본 편인가, 어떻게 하는 것이 일본의 편이 되는 것인가. 자본가나 언론처럼 이 전쟁에, 이 국제적 대립에 힘을 쏟는 것이 편을 드는 것인가.

헌트는 노래를 부르기 시작했다. 흑인영가의 애조를 띤 노래였다. 일절이 끝나고 후렴구로 넘어가자 헌트는 그 대목만 소리를 높여,

------just standing alone, just standing alone……

혼자 서 있는, 혼자 서 있는…….

길게 뒤를 빼며 반복적으로 불렀다.

기가키는 가슴 속이 진정되기를 기다리며 헌트가 부르는 후렴구를 소리 내어 반복한 다음,

"일본도 고독하지만 그 이상으로 현대의 인간은 '교통·통신 communication'이 편리해짐에 따라 고독하게 되어가는 것은 아닐까, 자네는 어떻게 생각해?"

거기까지 말하자 헌트는 급하게 핸들에서 오른손을 떼어, 환하게 불이 켜진 공장을 가리켰다.

"저기를 봐, 결코 고독하지도 고립되어 있지도 않아. 자네 말마따나 분명히 사람들의 마음속에는 일말의 의구심과 더불어 고립감, 고독감이 근본적으로는 존재하고 있겠지. 그러나 감정이야 어떻든 일본은 다시 자네의 언어로 표현하자면 이미 Commit하고 있어, 그리고 저기에서 힘을 모아 일하는 사람들은 틀림없이 고독하지 않을 거야."

지프는 벌써 로쿠고바시六鄕橋를 넘어 가와사키川崎의 중공업지대로 들어서고 있었다. 지난번 전쟁의 흔적은 아직 생생하게 남아 있었다. 타고 남은 뼈 같은 철골이 밤의 바닥에서 하늘을 찌르고 있었다. 양손을 들어 올려 무언가를 기도하고 있었다. 그 바로 옆의 공장은 불탄 공장의 뼈와 두개골 등과는 아무런 관계가 없다는 듯 철야로 활활 빨간색 불길을 토해가면서 살아 있었다. 전쟁으로 인한 폐허의 한 가운데 세워진 공장이 다시 전쟁으로 그것도 전쟁을 위해 움직이고 있음을 어떻게 믿을 수 있겠는가. 그리고 만일 저 공장이 전

쟁을 위해 움직이고 있는 것이라면 거기서 일하는 사람들이 어떻게 고독하지 않다고 할 수 있겠는가. 기가키는 이 심한 대조를 바라보면서 자신의 감정의 기조가 살아있는 공장이 아닌 죽은 공장의 황량한 풍경에 단단히 달라붙어 있는 것처럼 느껴졌다.

"헌트, 자네는 살아있는 공장을 기조로 생각하고 나는 전쟁 폐허를 기조로 생각하고 있는 것 같아."

"죽은 자로 저희 죽은 자를 장사하게 하라는 말을 알고 있나?"

"알고 있지, 자네들보다 훨씬 절실하게 체화하고 있다고 생각하네."

"그럴까."

기가키는 헌트와 함께 온 것을 후회하기 시작했다. 마음이 완전히 동떨어져 버린 것이다. 헌트는 어쩌면 그런 것에 조금도 신경을 쓰지 않고 기가키로서도 거기에 불쾌한 감정은 조금도 없었지만, 자동차의 두 바퀴처럼 결코 하나가 되는 일은 없을 것이다. 게다가 이 두 바퀴는 아무래도 유일한 방향을 향해 달리고 있는 것 같다…….

가와사키에서 요코하마로 가는 길, 사람들의 집은 이미 잠들어 있었는데 큰 공장은 모두 잠에서 깨어나 있었다. 사람도 풍경도 지난 전쟁의 흔적을 깊이 간직하고 있었으나 밤의 공간에서는 벌써 다른 전쟁이 공장을 움직이고 있었다.

헌트는 카바레의 문을 밀고 휙 한 바퀴 둘러보더니 가장 안쪽 자리로 가서 샴페인을 주문했다. 샴페인이라는 말을 듣고 대여섯의 여자들이 몰려들었다. 한 병에 최소 2천 엔은 될 법한 순수한 술은 금세 바닥이 나고 두 병째를 주문한 때에는 지배인으로 보이는 중국인이 인사를 왔다. 헌트는 그 중국인과 더불어 자리를 벗어나 바 쪽으로 갔다. 아마도 그는 장궈쇼우가 조직 운용한 것을 탐색하러 간 것이리라.

"저 외국인은 뭐하는 사람이야? 지난번에도 한 번 왔었는데."

얼근히 취해서 고양이처럼 몸을 웅크리고 체온이 올라 엄청 뜨거워진 여자가 기가키에게 물었다.

"신문기자……"

"엄머, 그래요……그러엄, 물어보면 알지도 몰겠네, 내 그 사람, 사령부 소속이잖나~, 지금은 조선으로 가버렸지만."

"…………"

"짜증나아, 전쟁은 왜 하구 그러는데. 그래도 어쩔 수 없긴 하지."

그때였다, 느닷없이 장식 전기의 분홍색 빛을 가로막고 검붉은 그림자가 테이블을 덮더니 부드럽고 커다란 손이 기가키의 어깨를 쥐었다.

그는 흠칫 놀라 뒤돌아봤다.

"……바론 티르피츠Baron Tirpitz!"

"그래, 바론 티르피츠……"

기가키의 머릿속 시계는 급속도로 역전했다. 패전 후 상하이에서 기가키와 교코는 생활에 어려움을 겪고 있었다. 마찬가지로 곤란을 겪던 일본인 동포들이 가재도구를 팔아 생계를 유지하고 있던 때, 그는 얼마간 어학이 자유로운 것을 이용하여 서양인 거류민들에게 일본인이 가지고 있던 것 중 골동품이나 미술품을 가능한 한 비싸게 팔아넘기는 일을 한 적이 있었다. 그때 가장 많이 사들인 사람이 이 사람 구 오스트리아 귀족으로 나치에 쫓기다 망명한 티르피츠 남작이었다. 기가키는 이마 한가운데 주름 이상으로 깊은 골이 있고 눈두덩이라기보다 오히려 살 구덩이 속에 회색의 수정체를 반짝이는 이 남자와 교섭할 때마다 정체를 알 수 없는 공포감을 더해 갔다. '정체를 알 수 없는'이라고 했지만, 정체가 분명하다고 하면 그리 못 할 말도 아니었다. 티르피츠 남작은 말하자면 국가든 뭐든, 무언가 대규모의 어떤 것이 변동을 일으켜 함몰하는 그 현장에 언제나 존재하는 그런 사내였다. 인도에서 장티푸스가 유행하고, 중국에서 기근이 발생하거나, 스페인에 흑사병이 만연하는 그런 사건이 일어났을 때 가장 먼저 현장에 모습을 드러내어 구제사업에 뛰어드는 그런 경우는 있는 법인데, 티르피츠는 사람들의 입소문을 종합하건대 대규모의 몰락이 이루어지는 장소에 반드시 나타나는 장의사 같은 사내였다. 오스트리아에서 쫓겨나 체코로 잠입하여, 체코가 히틀러에게 위협받기 직전까지 프라하에 있다가 망명해 가는 사람들의 가재도구 브로커 노릇을 하며 돈이나 보석의 밀송을 거들었다. 또 스페인 내전 때에는 마드리드, 톨레도, 바르셀로나에서 수많은 스페인의 미술 걸작품을 손에 넣어 미국으로 팔아넘겼다. 2차 세계대전이 발발하기 직전까지 파리에 있다가 피난하는 부르주아들의 가재도구를 인수했다. 그리고 마지막 배를 타고 남미로 넘어가 그곳에 있는 독일인, 이탈리아인의 동산,

부동산을 매점하고 전쟁이 끝난 뒤에는 어떤 연줄을 이용했는지 국제연합의 구제기구에 참가하고 발바투 상하이에 모습을 드러낸 것이다. 그는 일본인의 소유품이나 약탈품에 쓸 만한 것이 없다는 사실에 황당해하면서 그대로 눌러앉아 중공의 남하에 겁먹은 국민당 요인이나 부자들의 소유품을 헐값에 사들이는 한편 양질의 것은 마닐라로 빼돌렸다……. 그리고 2차 대전 종전 5년이 지나 우선 부흥에 힘쓰고 있는 일본에 나타났다는 의미는, 기가키는 자연스럽게, 향후 일본에서 몰락할 것이란 무엇인가? 하고 생각할 수밖에 없었다. "남작, 당신은 또 누구의 장례를 치르러 일본에 온 것인가요?"

티르피츠는 여자들을 물리치고 여태까지 헌트가 앉았던 자리에 뼈만 앙상하게 큰 몸을 어떻게든 추스르고는, 마술사가 국기를 꺼내듯 검정 일색의 옷소매에서 커다란 손수건을 빼내 쿠우쿠우 이상한 소리를 내며 코를 풀고 나비넥타이 같은 콧수염을 정성스럽게 닦고 나서야,

"장례? 장례 같은 게 아니라네. 나는 조금이나마 일본의 미화美化에 공헌하고 싶어 온 것일세"

라며 아주 천천히 독일어 발음의 잔향을 띤 영어로 대답했다. 서양의 귀족이 어떤 존재인지, 어떤 말씨를 구사하는지 기가키에게는 어떤 지식도 없었지만 이 노인은 음을 밟듯이 구절의 매듭을 띄워 자신의 말을 울리게 했다.

"미화라면?"

"그렇지. 나는 요즘 꽃집을 하고 있다네."

"꽃집?"

"그러니까, 교통이 편리해져서 미국에서 비행기로 20시간 전후로 사람들이 도착해. 여행객들이 미국 본토를 출발할 때 대게 꽃다발을 받아 오잖는가? 고귀하고 값비싼 장미 등을 말하는 것이네. 이게 20시간 전후 정도면 아직 살아 있는 상태지. 장미는 특히 생명력이 강해요. 이 꽃을 비행장에서 받거나 사서 약간의 약품처리로 다듬은 다음 꺾꽂이를 하는 거지. 한 그루당 일본 엔화로 2만 엔 이상의 화분이 수두룩하게 생겨나지. 뭐라고 해도 나는 귀족으로 어렸을 때부터 장미를 가꾸는 것 외에 흙이라는 것을 만져 본 적은 없네. 하지만 장미는 전문가라네.……그러고 보니, 샴페인을 마시고 있었나?"

티르피츠는 문뜩 두툼한 살 속의 눈을 들어 이런 촌스러운 것을 마시는 기가키의 상태는 어떤 사람일까 살피듯이 바 쪽을 봤다. 헌트가 바에서 불쾌하다는 듯 건강한 얼굴을 찡그리고 자리로 돌아왔다. 아마도 이 성급한 청년은 노련한 중국인 지배인에게 제대로 농락당한 것 같았다. 헌트가 다가오자 티르피츠는,

"실례하겠습니다."

무뚝뚝하게 한마디 던지고는 근엄한 표정을 지어 손은 조금도 움직이지 않고 오랑우탄처럼 긴 팔을 축 늘어뜨린 채 자리를 떠났다. 다소 새우등의 뒷모습을 보고 있자니 이 노인의 조부가 음울한 중세풍의 성안에서 거대한 의자에 앉아 음악 연주를 들으며 고매한 장미꽃을 뚫어지게 바라보고 있는 섬뜩한 모습이 연상되었다. 그러나 여

기는 중세의 성이 아니라 전후 일본의 가타카나로 요코하마ㅋㅗㅎ ㅏㅁㅏ라 표기하기에 안성맞춤인 항구 근처의 중국인이 경영하는 카바레다. 검은 옷의 노인이 양손을 축 늘어뜨리고 재즈 음을 헤집고 가는 모습은 아무래도 조화롭지 않은 것이어서 때마침 플로어에서 시작된 스트립쇼보다 훨씬 사람들의 눈길을 끌었다.

"저 노인, 종종 오나?"

라고 기가키가 다시 모여든 여자들에게 묻자마자 헌트가 "저 사람 도대체 뭐 하는 인간이야?"라며 아까 보인 불쾌한 모습과는 달리 누가 미국인 아니랄까봐 천연덕스러운 호기심을 내비쳤다. 기가키는 헌트에게 눈으로 잠깐 기다려보라는 신호를 보냈다.

"우리 지배인의 지인 분 같아요. 가끔씩 불쑥 찾아오시는 편이구, 그리구 있잖아, 누구라구 아직 정해진 사람은 없지만, 때에 따라서는 엄청나게 많은 팁을 주시기도 하구. 그것도 받고 난 뒤의 애프터 따위는 전혀 없이 말이예요."

여자는 후반부를 강조하면서 동그란 눈을 더욱 동그랗게 뜨며 노인의 자리에 있는 여자를 부러운 듯이 바라보았다. 아담한 코에 큰 입의 이 일본 여자는, 아까 인사하러 온 중국인 지배인, 거기에 티르피즈, 또 헌트에 비교해 보면, 어쩌면 이렇게 천진난만한 얼굴을 할 수 있을까 하는 생각이 들었다. 기가키는 얼핏 그녀의 손을 잡았다. 손은 따뜻했으며 술 때문에 빨라진 맥박까지 느낄 수 있을 것 같은 생각이 들었다. 그녀의 말 끝에는 아직 그녀가 나고 자랐을 법한 일본의 어느 시골의 내음이 남아 있었다. 이런 여성이 기괴한 색의 드레스를 두르고 이상한 외국인들과 접촉하여 대체 어쩌자는 것인가. 이 여자가 아이를 낳으면 정말 어떤 아이가 태어나게 될까. 이 여자의 배후에 자리한, 기가키 자신을 포함한 일본 전체의 초상------그 속으로 이미 여러 나라가 지표뿐 아니라, 어떤 부분에서는 자궁 안쪽으로까지 들어와 있을 텐데……. 기가키는 그런 것들을 무심결에 생각하고 있다가 갑자기 어떤 것이 떠올라 헌트의 얼굴을 저도 모르게 응시했다.

그는 노인이 여기 지배인의 지인이라고 말한 여자의 이야기에서 어쩌면 티르피츠 남작이, 장궈쇼우가 언급한 조직과 관계가 있지 않을까고 생각한 것이다. 충분히 있을 수 있는 일이었다. 그는 노인이 상하이에서 무기를 취급하고 있는 것 같다는 소문을 들은 적이 있었다.

"저 인간, 뭐 하는 종자야?"

헌트가 재촉했다. 기가키는 노인이 티르피츠 남작이라 말하고 국제적인 브로커 같은데 자세한 것은 아무것도 모른다고 대답하는 데 그쳤다.

"그런데 뭔가 낚았어?"

기가키가 화제를 바꾸자 헌트는 글렀어 글러, 한두 번 가지고는 물론 안 된다는 식으로 어깨를 으쓱해 보였다. 헌트가 또 주문한 샴페인을 취소하고 칵테일로 바꾸자 지배인이 재차 와서 헌트에게 도이라는 일본인이 당신을 찾고 있다고 알렸다.

기가키는 익숙하지 않은 영어로 계속 떠들어 피곤한 탓도 있고 원래 영어 쪽이 편한 도이에게 헌트를 양보하고 싶었다.

그리고 집으로 돌아가고 싶어졌다. 도이는 헌트에게 조금 전 하네다 공항에서 맞이한 수영선수들이 얼마나 멋진 청년들이었는지를 최상급 형용사를 동원하여 설명하고 이런 전쟁의 와중에도 운동선수를 파견하여 일본인의 기분을 풀어주는 미국의 대외 정책을 칭찬하며 최종적으로 내일 아침 특별인터뷰를 하고 싶으니 알선해 주지 않겠느냐는 등 나불나불 지껄이는 것을 듣고 있던 차에 보이가 티르피츠의 메시지를 가지고 왔다. 영수증 뒷면에 독일어로 뭐라 적혀있었고 기가키는 독일어를 읽을 수 없었지만 어차피 이야기 좀 하게 잠깐 보자는 의미일 것이라 여기고 헌트와 도이에게 먼저 실례하겠다고 말했다. 헌트는 일부러 동행해 줘서 고마워, 조만간 신문사로 만나러 가겠네, 자네 이야기는 명심해 두겠네,

"잘 가, 고뇌하는 미스터 사르트르·지드 군!"

이라며 입술 끝을 실룩 비틀고 눈으로는 티르피츠의 자리를 가리키며 한마디 더 보탰다, "자네의 몬스터 옹에게 잘 부탁하네."

기가키는 일부러 바닥을 밟아 걸으면서 자신이 상당히 취해 있음을 깨달았다. 그리고 마르고 갸름한 일본 여자를 품듯이 하고 앉아있으면서도 얼굴만큼은 엄하고 고지식한 표정의 60대 오스트리아 옛 귀족 앞에 서서 다시 한 번 악수를 하면서, 난처하게 생겼네 라고 생각했다. 취하면 그의 어학은 영어와 불어가 뒤엉켜 버리는 경향이 있

었다. 게다가 그는 티르피츠가 일본에 와 있는 사실에 형언하기 힘든 불쾌감을 감지하고 있었다. 그러나 이 노인이 이런 곳에서 똬리를 틀고 있는 데에는 어쩌면 일본에도 이런 남자를 꿈틀거리게 할 만한 바탕이 이루어져 있다는 뜻이 아니겠는가.

남작은 기가키에게 그다지 고급이라 할 수 없는 스키담Schiedam 진을 권하다가,

"샴페인을 마시다 왔지. 그럼 여자 아니면 차가운 공기 말고는 원하는 게 없겠구만. 이 친구를 상대해 줄 건가?"

노인의 입장에서 보면 딸보다 한참이나 어릴 터인 일본 여자는 얼마간 영어를 알아들었는지 깜짝 놀란 표정으로 기가키와 남작을 번갈아 보았으나 노인은 기가키에게 애초에 그럴 마음이 없는 줄을 알고 안쪽 주머니에서 미국 달러와 점령군의 군표, 일본 엔 등이 뒤섞인 돈다발을 꺼내 정성스레 일본 엔 지폐를 있는 대로 골라내어 그녀에게 건네주며 중얼거렸다.

"인간이라는 존재는 사는 나라가 작으면 작을수록 큰 지폐를 찍는 습벽이 있어……. 내일은 어느 손님이 내게 돈을 주려나."

여자는 호소하듯 기가키를 올려다보며,

"이 할아버지는 올 때마다 이런 말씀을 하신다니까, 마치 금방이라도 자살할 사람처럼 말이에요."

"뭐, 걱정 안 해도 돼."

전혀 걱정할 일은 없었다. 남작은 어느 누구에게도 전혀 책임질 일

이 없을 터였다. 그의 귀족 계급은 1차 대전 및 히틀러 때문에 또 2차 대전 때문에 전멸당했다. 빈은 4개국 점령하에 놓여있어 어쩌면 그는 돌아가고 싶어도 돌아갈 수 없을 것이다, 설령 입국한다 해도 필시 그는 오스트리아에 국적이 없으므로 외국인 자격으로 들어가게 될 것이다.

"밖으로 나갑시다. 아직 일본의 공기는 깨끗해. 불안정하기는 하지만 적어도 공기에서 송장 썩는 냄새는 나지 않으니······"

기가키는 부두가 가까운 요코하마의 풍경(어떤 건물의 간판이나 모조리 가로쓰기로 되어있었다)을 기분 좋게 받아들이고 있는 자신을 깨닫고 흠칫했다. 마치 바깥 세계와 차단된 외국인 거류지租界에서 보호받고 있는 듯한 그런 기분에 취해 있었던 것은 아닐까? 간혹 질주해 가는 자동차는 주위의 건물들과 딱 맞아떨어졌다. 그런 이른바 무기적無機的인 근대적 풍경에 호감을 갖는 태도는 구질구질한 풍토에서의 생활에 위생상 필요한 것이기도 하리라. 그러나 이 풍경 뒤에서 이를 받쳐주고 혹은 이들 건물 바로 아래에서 찌그러진 기와지붕, 지면에 맞닿아 있는 일본식 초가나 흙집에 살면서 이것들과 상대하고 있는 일본의 민중, 아시아의 민중, 식민지, 반식민지 및 피점령국민의 사고는 결코 올곧게는 뻗지 못할 것이다. 그것은 반드시 어딘가에서 굴절하고 좌절한다.

일본인 손님보다 백인 상인이나 선원, 거기에 인도인, 중국인, 인도네시아인 등이 카바레에 더 많이 있었던 것에 대한 반동도 있으리라, 또 그곳을 나오자마자 매춘부 하나가 다가와 기가키의 얼굴을 들여다보고 뭐야 잽Jap, 영어로 특히 미국인이 일본인을 경멸조로 부르는 말이잖아 라고 한 말에 대한 반동이기도 할 텐데, 어찌 되었든 그는 어느 사이엔가 '우리' 즉 복수로 따지고 있었다. 그러나 생각해보면 거기에 태평양전쟁 중의 국가주의, 민족주의의 잔재가 색깔만 바꾸어 들러붙어 있지 않다고는 단언할 수 없다. 여기에서도 구분은 희미해져 있었다. 게다가 보는 사람에 따라서는, 기가키는 저쪽 사람이 되어있을지도 모른다. 우리, 우리란 애당초 무엇인가? 그러나 적어도 이 복수의 상대가 튼튼한 발걸음으로 옆을 걷고 있는 티르피츠 남작은 아니다. 또한 그래서도 안 된다……. 그는 어제 저녁 미쿠니와 묘한 소설론을 펼친 것을 떠올리고 이 '우리'를 소설로 해부해 보면 어떨까 라고 생각했다. 바로 옆에 세상에 보기 드문 로마네스크적인 인물이 여전히 양팔을 길게 늘어뜨리고 걷고 있음에도 불구하고 말이다.

"마이 선My son, 나는 상하이에서 자네와 헤어지고 난 후부터 예의 잡동사니를 마닐라를 경유해서 미국에다 팔아넘기고, 그리고 유럽의 입구까지 가봤다네."

거무스름하게 솟아오른 교회당 앞까지 너른 길을 두 사람 모두 잠자코 걸어왔을 때 티르피츠는 마이 선이라며 입을 연 것이다. 눈썹과 눈썹 사이에 부풀어 오른 살집과 대조를 이루는 예리하고 직선적인 콧대, 일자로 닫힌 입매에는 예순 살을 넘겼을 법한 늙은이의 그늘 같은 것은 조금도 없었다.

"인도양을 지나 배가 동아프리카의 소말릴란드Republic of Somaliland로 접근했지. 차가운 바람이 불어오는데도 태양은 불처럼 뜨거운 거야. 좌현 쪽 푸른 바다에 거대한 암벽이 우뚝 솟아 있었고, 바다의 청색에 비해 암벽은 붉은색에 가까울 정도로 검붉게 타오르고 있더군. 바위의 갈라진 틈에서는 뜨거운 모래가 폭포처럼 바다로 떨어지는 중이었고, 바위 안쪽은 나무는 고사하고 생물이라고는 살지 않는 열사 그 자체였어. 몇 년 만엔가 이것을 보고 나는 깜짝 놀랐다네. 그 안에서 우리는 자라고 또 그것을 믿고 살아온 유럽 문명의 바깥쪽 테두리가 이렇듯 끔찍한 불모의 열사의 땅이고 북으로 향하면 북극해, 동으로는 러시아의 끝도 없고 무無와 같은, ---유럽 개념으로 보면--- 초원이 펼쳐져 있더군. 인간이 바글바글 끓고 있는 유럽이라는 냄비 바깥쪽의 민낯을 나는 소말릴란드 암벽에서 어슴푸레하게나마 본 것 같은 느낌이 드네. 유감스럽게도 나는 이 냄비의 민낯을 알아채고 말았네. 인간이, 알아차린다는 것……. 예컨대 내가 귀족이었다는 사실을 알아차렸을 때 내 계급은 종지부를 찍었네."

기가키는 노인이 지금 진심 어린 이야기를 하고 있다는 것에 대해 어떤 의구심도 들지 않았다. 그는 상하이 시절의 경험을 통해 때때로 남작이 완전히 가공의 자서전을 들려준다는 사실을 알고 있었다. 자신이 살 땅과 계급을 잃어버린 사람에게는 자신이 어떤 존재였는지를, 그 땅과 계급에 어떤 관심도 없는 사람에게 들려준다고 해서 아무것도 바뀌지 않는다는 사실을 그는 잘 알고 있었다. 그 때문에 그는 때와 경우에 따라 무엇이든 된다. 무역상, 미술품 수집가, 갱단, 공갈쟁이, 귀금속보석상, 밀수출입업자, 약소국의 외교기관고문, 금융업자, 카지노의 요주의 인물이 되어 어떤 과거라도 아주 정교하게 구성했다. 그에게 현실은 무용지물이나 다름없어서 그가 스스로 만들어낸 로마네스크의 세계에 살고 있다고 해도 과언이 아닐 것이다.

"배가 지부티Djibouti에 도착했네. 나는 유럽을 보러 갈 필요성을 느끼지 못하고 있었지. 그런 까닭에 지부티에 하선하여 맞은편 해안인 아라비아의 예멘으로 건너갔어. 예멘에는 인도와 중동, 아시아와 남태평양 지역이 불안정한 것에 위협을 느끼고 또 자신들의 독립국이 완성되었으므로 그곳에 안착하고자 하는 유대인들이 아주 많이 있더군. 기가키, 그 유대인들조차 서로 모여 함께 살아야 하는, 지금은 그런 시대인 거지. 그들은 모두 이스라엘행 비행기를 탈 순서를 기다리고 있었던 거고. 예멘에서 비행기를 찾아 아시아로 돌아갈 작정이었는데 문득 이스라엘 유대인 국가를 보고 싶어지더라고. 그래서 좌석을 얻어 텔아비브로 가봤지. 아직 아라비아인이나 시리아인들과 전쟁을 치르고 있었는데 나는 태어나서 처음이라 해도 좋을 만큼 놀라고 말았어. 이스라엘에서는 자연과학, 사회과학 등 서구세계가 부여한 최고의 교양을 지닌 유대인들이 최저에 가까운 무지몽매한 아라비아인 시리아인과 정말로 손에 손을 맞잡고 무엇을 하고 있었다고 생각하나? 농사를 짓고 있었어! 황무지를 그 손으로 개척하고 있더란 말이지. 그래서 나는 생각했지, 유럽 문명이 그 문명으로 인해

머지않아 파괴되더라도 분명히 이스라엘에서는 다시 새로운 문명이 태어날 것이라고……."

"머지않아라면?"

심야의 포장도로에 울리는 발걸음 소리는 주변 건물로 반향하고 있었다. 피부색은 말할 나위도 없고 생활의 역사든 뭐든 전혀 다른데 발걸음 소리는 어떤 차이도 없이 인간다운 소리를 내고 있었다. 그리고 그 같다는 것이 문득 기가키의 가슴에 이상한 감동을 불러일으켰다. 티르피츠는 기가키의 불편한 질문에는 대답을 하지 않은 채,

"마이 선, 어쩌면 자네는 내가 절망한 나머지 자살하는 것은 아닐까 하고 생각할지도 모르겠네만, 나는 이미 막장이야. 나의 계급 그러니까 귀족이라는 것은 세상 어디에도 존재하지 않지. 내 존재 자체가 이미 하나의 허구인 셈이지. 그럴싸하게 만들어진 모조품인 거야. 나는 지난 20여 년 동안 다양한 복장으로 변신하며 살아왔어. 때에 따라서는 하루에 두 번 세 번도 말이지. 변신할 때마다 깔끔하게 그 복장에 맞는 마음가짐으로 자신의 기분을 전환하는 기술을 터득했어. 한 벌의 옷으로 사람이 바뀔 수 있다면 인간이란 존재하지 않는 거나 다름없잖아. 그러나 나는 죽고 싶은 마음은 없다네. 물론 이것은 언제 죽어도 좋다는 의미기도 하지. 따라서 나는 동란이 일어나 인간의 새로운 피가 흐르는 곳으로 와서 몸을 녹인다네. 동란, 그것은 요컨대 나 자신인 거지. 바꿔 말하면 동란이나 혁명은 인간적인 이유에서 시작하여 비인간적인 결과를 낳아. 나는 그 결과인 거

고. 동란이나 혁명의 비인간적인 결과 속에 더욱이 인간적인 것을 만들어내려고 하는, 보기에 따라서는 부질없는 노력, 그 노력 자체 말고는 현대의 희망은 없어.……나는 그것을 현장 가까이에서 보고 싶네. 내 아들들은 서른다섯을 전후로 모두 코뮤니스트가 되어버린 모양이야……. 아까 자네와 함께 있던 OA통신의 하워드 헌트도 신선한 피더군."

기가키는 심연으로 빠진 기분이 들었다. 모든 것이 그 밑바닥에서 꿈틀거리며 피를 흘리고 있다. 그리고 그 어두운 궁극에 동양인의 입장에서 말하자면 전혀 노인에 걸맞지 않은, 고뇌 혹은 사고에 송글송글 땀을 흘린 채 음각이 깊은 얼굴이 떠올랐다. 늪에 매달린 기가키의 몸 안에서 시계의 진자가 큰 진폭으로 좌우로 흔들리고 있었다. 노인은 별이 총총한 밤하늘을 올려다보고 있었다.

심연에서 가까스로 떠오른 그는 남작이 헌트의 이름을 알고 있었다는 사실, 그 중국인 지배인이 티르피츠에게 헌트를 가리키며 뭔가를 속삭이고 있던 것 등을 떠올렸다.

노인은 지나가던 외국인용 택시를 세워 기가키에게 도쿄행 마지막 전차의 시간에 댈 수 있는지를 묻게 했다. 가까스로 시간이 있다는 것을 알고는 뼈가 앙상한 손으로 기가키를 차 안으로 밀어 넣고 자신은 밖에 선 채로,

"마이 선, 또 만나세나, 내 전화번호는……이야"
라며 도쿄의 번호를 적어서 기가키에게 쥐여 주었다.

사쿠라기마치역桜木町駅 구내는 심야인데도 만국기 같은 의상을 팔랑거리는 젊은 남녀들로 오히려 북적대고 있었다. 마지막 전차로 내달려 좌석을 발견하고 앉아서 팔짱을 끼었더니 상의 안쪽 주머니가 바스락거렸다. 뭔가 종이 뭉치 같은 것이 한 다발 들어 있었다. 뭐지? 설마 그 장궈쇼우가 말한 '조직'의 연락문서는 아닐 테고 라며 의아해 하면서도 기가키는 손으로 만져지는 것이 뭔가 께름칙한 탓에 청년들이 부르는 가사를 무심코 듣고 있었다.

------ 사내놈 아니면 콜트 총 목숨을 앗아가고
....
------ 누가 이런 여자로 만들었더냐
....
------ 안개가 더럽힌 성聖처녀지
....

노래 가사는 하나같이 좌절에 관한 것이었다. 그리고 그것을 부르는 남녀도 좌절하고 굴절되고 왜곡된 것을 아무렇지 않은 듯 무표정한 입매를 기학적嗜虐的으로 비틀고 있었다.

"이봐 저것 좀 봐!"

갑자기 앞에 서 있넌 알로하셔츠의 정년이 창밖을 가리켰다.

저 아래쪽 화물열차용 홈에는 환하게 전등이 켜져 있었고 은색의 포탄 같은 것을 뚜껑 없는 화차에 쌓아 올리는 사람들의 모습이 서치라이트에 드러나 있었다.

"저거, 저 나무 상자 속에 쑤셔 넣은 포탄 같은 거 있잖아, 저게 비행기의 보조탱크라는 거야."

"여기서 만든 거야?"

"그래. 저걸 비행기 날개 양쪽에 붙여서 쓰시마 해협 이쪽에서 전투기가 날아오르는 거래. 그리고 저 안에 있는 연료가 떨어지면 버리고 온다고 그러던데!"

"그렇군."

"있잖아, 쓰타에蔦惠네 아버지 말이야, 비행기 조종사 아니었어?"

"그랬던가?"

이런 대화를 들으면서도 기가키는 안쪽 주머니의 종이 다발에 줄곧 신경을 쓰고 있었다.

4

전차가 도쿄 남단 가마타蒲田역을 벗어나 얼마 되지 않은 곳에서 무슨 사고라도 난 것인지 30분 정도 정차하는 바람에 스기나미구杉並区의 아사가야阿佐ヶ谷의 집으로 돌아가기에는 중앙선의 마지막 전차를 탈 수 없게 되었다. 편집국 아무 데서나 등걸잠이라도 자면 되겠지라고 마음을 먹고 기가키는 심야 1시를 넘어 신문사로 들어갔다.

낮 동안에는 사람과 전화기와 종이 쪼가리들로 주객이 전도되어 복작거리기 일쑤인데다 하릴없이 넓기만 한 편집국은 썰렁한 채로 여기저기 한두 사람 혹은 두세 사람씩 야근 중인 기자들이 전화기와 머리를 나란히 하고 책상에 기대어 말뚝잠을 자고 있었다. 전화벨이 울리면 그 머리는 기계적으로 벌떡 일어나 책상과의 사이에 거리를 두게 된다. 바둑이나 장기를 두는 무리도 있었다. 탁탁 바둑판에 놓이는 돌들이 전선과 송고관送稿管의 복잡한 천장과 벽면에 반향을 일으켜 무릇 전화기와 윤전기로 상징되는 이 사회의 기구와는 동떨어진 소리를 내고 있었다.

섭외부에 누가 와 있나 싶어 지저분한 기둥 사이로 창가 데스크를 내다보았더니 부부장 하라구치와 미쿠니가 뭔가를 이야기하고 있었다. 확인하고 난 기가키는 무엇보다도 먼저라는 듯이 발꿈치를 돌려 화장실로 향했다. 안쪽 주머니의 종이 다발이 궁금했던 것이다.

화장실 안에서 뭔가 비밀스러운 아니 개인적인 일을 한다, 그는 군대 시절을 떠올렸다. 각각의 사생활이라는 것이 완전히 무시되는 사회에서 개개인의 비밀은 똥을 누기 위해 쭈그리고 앉은 그때와 같은 자세에서야 각자의 가슴속에 자기 것으로 만들 수 있는 것이다.

주머니의 종이 다발, 그는 전차 안에서 간격을 두고 몇 번인가 손가락 끝으로 더듬어보고 옆으로 긴 그 형태나 열세 장 전부가 대체로 비슷한 크기인 것에서 지폐가 틀림없다는 것은 알고 있었다. 그리고 또 이것이 어쩌면 택시를 탈 때 이상하게 그를 밀어 넣듯이 한 티르피츠가 살짝 그의 주머니에 쑤셔 넣었으리란 것도 깨달았다.

종이 다발은 예상대로 미국 달러였다. 100달러 지폐가 열세 장, 천삼백 달러. 암시세로 대략 오십이만 엔에 해당한다. 기가키의 생활에서는 본 적도 만져본 적도 없는 금액이었다.

그러나 왜 티르피츠 노인이 이런 돈을 기가키에게 (준 것일까, 아니면 맡긴 것일까)?

화장실에서 나와 전등이 휘황하게 빛나고는 있지만 어딘지 모르게 음침하고 범죄의 냄새가 풍기는 거대한 사무실의 시멘트 바닥을 밟고 그는 섭외부 데스크 쪽으로 걸어갔다. (주었다 해도 맡겼다 해도)

이유를 전혀 알 수 없었다. 그러나 이 돈을 계기로 그가 예를 들면 신문의 1면과 2면의 중간, 중간이라기보다 그 둘의 뒤쪽에서 꿈틀거리는 이상한 운동체 속으로 자동적으로 끌려 들어갈 가능성이 상당히 있을 것 같았다. 날이 밝으면 아까 요코하마에서 헤어질 때 노인이 말한 도쿄의 전화번호가 어디의 어떤 전화인지 조사해보도록 하자.

하라구치와 미쿠니가 어쩐 일이냐는 얼굴로 기가키를 올려다 봤다.

"요코하마에서 한 잔하는 바람에 중앙선 전철을 놓치고 회사에서 묵을 생각으로 왔습니다."

"방금 도이군이 전화를 했었지. 헌트랑 같이 있었다면서 말이야. 자네 제법이야."

하라구치는 머리에 두른 수건을 다시 동여매고 아직 가지런히 자라지 않은 콧수염에 신경을 쓰면서,

"나는 잠시 자야겠어. 기가키도 미쿠니랑 내친김에 야근해 버려."

"기가키 씨는 임시직이라 아직 사원이 아니어서 야근 같은 것은 없습니다."

"그래……."

하라구치는 기가키의 얼굴을 응시하더니 뭔가 생각을 짜내고 있는 것 같았다.

외신부의 야근자들은 책상에 엎어져 정신없이 자고 있었고 텔레타이프는 자동으로 전문을 또박또박 쳐서 내보내고 있었다. 미쿠니가 일어서서 텔레타이프의 누런색 전문을 잘라 온 뒤 일단 훑어보고 기

가키에게 건넸다.

(런던발) 이곳 금융가에서는 뉴욕발 소식통을 인용해 소련이 외국시장에서 거액의 금괴를 매각하려 한다. 그들은 마카오, 홍콩, 프랑스, 스웨덴으로 대량의 금을 보내기 위해 유럽 시장, 특히 브뤼셀에서 다이아몬드를 매각 중이라고 한다. 소련이 계속해서 외국 시장, 특히 동양 시장에서 금을 대량으로 매각하게 되면 세계는 전반적으로 디플레이션에 빠질 우려가 있고 그 영향은 전후 인플레이션보다 더욱 심각할 것이다. 문제는 소련의 금괴 보유량이 어느 정도인가에 달렸다. 파리의 금괴시장은 소련의 의도에 대해 심각한 경계 태세를 보이고 있다……

미쿠니는 외신부 데스크에 전문을 돌려주러 갔다.

"방금 그 전문은 뭘 의미하는 거지, 자네는 코뮤니스트인 것 같은데 잠깐 설명해 주지 않겠나?"

기가키의 이마에는 가벼운 질문에 반하는 깊은 주름이 새겨져 있었다. 그에게는 이 한 편의 보도가 정치적인 세계의 빙산의 일각처럼 보였던 것이다. 이러한, 나중에 반드시 의미를 증폭할 것임에 틀림없는 국제정치상의 사건 사고는 대체 어떤 식으로 개인적인 인간에게 소화되고 통일되는 것일까. 혹은 소화나 통일과는 전혀 상관없는 데서 예를 들면 조선의 난민들과 같은 형태로 사태는 인간 밖에서 일어나 인간을 말려들게 하는 것에 지나지 않는 것인가. 동란이나 혁명은 인간적인 이유로 시작했다가 비인간적인 결과를 낳는다는 티르피츠의 말이 떠올랐다. 게다가 그는, 전문을 미쿠니에게 되돌려준 순간 이러한 국제적 사건 사고와 인간, 이 두 가지 중 어느 한 쪽은 픽션이 아닐까, 혹시 한 쪽이 픽션이라면 지금은 인간, 인간에 대한 개념 쪽이 희박하게 되어 버린, 요컨대 픽션에 가까워져 있는 것은 아닐까 하는 생각도 흘끗 스치고 갔다.

"그러니까 말입니다. 이것은 코뮤니즘이 단순하게 한 나라 안에서의 혁명이라든가 혁명전쟁이라든가 내전이라든가 하는 단계를 넘어서 실제로 세계의 경제기구를 흔들 만큼의 실력을 갖추게 되었다는 의미입니다. 종래에는 자본주의가 주도권을 쥐고 국제시장을 제국주의적으로 제압해 왔습니다. 기가키 씨 같은 분께 익숙한 말로 표현하자면 비인간적인 경제기구 대신에 돈처럼 무가치한 괴물 같은 것을 배제한 인간적인 경제기구가 세계적으로 탄생의 싹을 틔워 이미 가지와 잎을 뻗었다는 뜻입니다. 그까짓 금괴가 순금이든 뭐든 우리 노동자와 농민에게는 위폐나 다름없으니 알 바 아니고요."

서른이 됐든지 아니면 서른이 안 된 미쿠니가 깔끔하게(기가키에게는 그렇게 보였다) 설명하는 것을 들으면서 기가키는 다시금 안주머니에 넣어둔 티르피츠가 준 천삼백 달러의 돈다발에 신경이 쓰였다. 혹시 이 돈은 지금의 전문과 불가분의 관계가 있는 것은 아닐까……? 노인은 유럽에서 돌아오는 길에 홍콩에 머물렀다고 말하지 않았던가……? 홍콩은 마카오 바로 곁이다. 기가키는 또 수일 전에 번역한 홍콩의 대중무역에 관한 장문의 전보와 이런 저런 전문을 연

관지어 생각했다.

만약 이 돈이 그런 돈이라면 그리고 그가 어떤 목적을 가지고 사용하게 된다면 그는 스스로의 의도와 용도 여하에 관계 없이 상대측, 국제정세라는 괴물에 소화되고 통일되어버리는 셈이 된다, 만약, 그, 기가키 자신의 존재가 희박하고 픽션에 가깝다면…… 여기에 하나의 분수령이 존재한다.

그는, 스스로 '나는 픽션'이라고 한 티르피츠가 "나는 그것을 현장 가까이에서 보고 싶네"라고 신음하듯 말할 때의 그 묵직하고 충실하면서도 압도적인 존재감을 떠올렸다.

"좀 자야겠네."

미쿠니가 알았다는 듯 고개를 끄덕이자 기가키는 여기저기 의자를 끌어보아 그 위에 길게 누웠다.

그런데 놀랍게도 몸을 누이고 눈을 감자 바로 곁에서 텔레타이프는 홀로 또박또박 전문을 치고 있었는데 갑자기 세계정세도 인간의 개념도 지워 없앤 것처럼 사라지고 기가키의 검붉은 망막에는 아사가야의 집에 아니 응접실에 다다미를 깐 셋방에 있는 아내 교코와 곧 두 번째 생일을 맞는 아이의 잠자는 모습이 떠올랐다. 그것은 특별히 놀랄 일도 불가사의하지도 않은 것이었지만 바다 건너 바로 저편 조선에서는 수십 만의 난민이 식량은 고사하고 정처 없이 밤길을 방황하다 초죽음이 되고 있는 때, 또 하루에 수십 장이나 세계의 불안정을 전해주는 전보를 처리하면서, 그런 와중에 아내와 아이의 편

안하게 잠든 얼굴을 떠올릴 수 있다는 것은, 역시 불가사의하다고밖에 할 말이 없었다. '불가사의……' 라고 생각하고 있자니 망막에서는 어느 사이엔가 처자식의 얼굴은 사라지고 기묘하게 가늘고 긴 섬인지 배 같은 것이 떠올랐다. 그 배 위에는 옛 가나표기법旧仮名遣의 '이ゐ'자처럼 녹초가 되어 책상다리를 하고 있는 인간이 넘쳐날 정도로 앉아있고 배는 해협 같은 곳으로 접어들고 있었다. 그리고 배는 아무래도 자신의 무게 때문에 가라앉을 것만 같았다. 우현에 앉아 있던 사람들은 교활한 듯한 표정으로 앉은 채로 오른쪽 육지에 배를 묶으려 하고 좌현의 사람들은 왼쪽 육지에 망을 던지려 쩔쩔매고 있었다. 동선자 대부분은 배가 침몰하려는 것에 대해 그다지 괘념하지 않는 듯 여전히 'ゐ'자 모양으로 앉아 있었다. 기가키 자신도 주저앉아 목만 빼고 왼쪽을 봤다 오른쪽을 봤다 하고 있었다. 그리고 나는 아무래도 무거운 것 같아, 나 같이 무거울 뿐인 놈 때문에 이 배가 가라앉는 게 아닌가 하고 마음을 죄고 있었다. 그렇다, 분명히 나는 이런 짓을 하면서 합승객에게도 맞은편 해안에도 이쪽의 육지에도 주저하고 있는 것이다……. 그런 그를 처벌이라도 하듯이 갑판에는 여기저기에서 울퉁불퉁한 것이 튀어나온 탓에 허리가 아팠다. 너무 불편하여 오른쪽이나 왼쪽으로 위치를 바꾸려 몸을 돌렸을 때 기가키는 책상다리에 퍽하고 머리를 부딪혔다.

"잠자기 불편하시죠. 숙직실로 옮기세요. 분명히 침상이 남아 있을 겁니다."

일어나려 하자 안쪽 주머니의 달러가 다시 바스락거렸다.

천삼백 달러, 오십이만 엔. 책임이 전혀 없고 습득물도 아닌 돈……. 기가키의 머리는 게이힌전차京浜電車 안에서 그것이 지폐임을 깨달은 순간부터 주저나 두려움 등과는 별개로 하나의 계획을 세우고 있었다.

아까 그는 망막에 떠오른 교코와 어린아이를 '처자'라고 부르려다 당황스레 그 말을 목구멍으로 삼켰다. 그와 교코는 법률상의 부부가 아니었던 것이다. 이틀 전 오후, 미쿠니와 다방에서 이야기했을 때 기가키는 가정 문제로 말썽을 일으켜 그 전 신문사 간부가 개입한 사실을 이야기했다. 그 당시 그의 법률상의 처는 변호사를 통해 지금 그의 안쪽 주머니에 있는 금액의 약 절반가량을 보내주면 이혼증서에 서명하겠다고 한 것이다.

천삼백 달러, 오십이만 엔. 물론 이 정도의 금액쯤 그대로 전달해도 좋을 것이다. 그러나……, 기가키는 생각에 잠겼다. 이것으로 교코와 아이를 호적에 올린다 쳐도 이 정체를 알 수 없는 돈으로 매수한 자유에는 반드시 그 응보가 따를 것이다. 다시 말해 스스로 일해서 얻은 것이 아닌 이 돈에 대한 행사 이후 그는 그 자신의 자유의 주인공일 수 없게 되는 것이다. 요컨대 이 돈도 그에 따른 자유도 원래 하나의 사고事故에 지나지 않지만 이 사고를 자기 내부로 끌어들여 이용한 후에는 극의 주인공이 바뀌어 버린다는 의미다.

누구에게라도 오십이만 엔이라는 우연의 돈은 필요하지도 불필요하지도 않을 것이다. 그는 왠지 자신이 어떤 임의의 부수적 인물이 된 것 같은 기분이 들었다. 그리고 그 자신이 주인공으로서의 존재인 지를 확인하기라도 하듯이 주머니를 위에서 손으로 만져보았다. 손 을 가슴에 올린 채 잠시 천장을 올려다보고 있자니 미쿠니와 나눈 예의 사실 내지 사건 내지 사고가 주인공이 된다는 소설론이 떠올랐 다. 또 나는 동란의 결과 그 자체라고 말한 티르피츠의 옆얼굴이 눈 에 선했다. 안쪽 주머니의 돈다발이 가령 국제정세라는 지하수로에 서 건져 올린 것이라 해도 결코 위조지폐일 리는 없다. 마치 티르피 츠가 이야기에 나오는 요괴가 아니듯이⋯⋯. 그러나 그 돈으로 인간 을, 기가키 자신이 일찍이 저지른 과실을 보상하려 든다면 한순간에 가짜 돈으로 바뀌어 보상하는 인간도 스스로의 주인공이 되지 못한 다. 거기에도 하나의 분수령이 있다.

이 사고와 돈과 사람이 풀기 어렵게 뒤엉킨 사태 속에 멍하니 보이 는 분수령, 그 봉우리가 우뚝 솟은 길 양쪽에 사건이나 사고가 아닌 현대의 극이 있는 것 같았다.

내 〈소설〉의 테마는 그것이다, 그러나 〈소설〉은 반숙란처럼 점차 형태를 갖추어 갔으나 의자를 배열하여 옹색하게 누워있던 기가키 의 자세에 변화는 없었다. 단순한 사고와 극, 사건과 극이라 생각하 자 그의 법률상의 '처'의 얼굴이 망막에 어렴풋이 떠오르더니 순식 간에 소설보다도 확실한 형태를 드러냈다. 그는 당황하여 눈을 떴다. 그리고 잠시 익사자처럼 동공을 활짝 열어젖혀 두었으나 이윽고 눈

꺼풀이 천천히 내려와 소설도 사고도 수면에 띄워놓은 채 그는 잠의 심연으로 빠져들었다.

방금 당황하여 눈을 뜬 것처럼, 그는 태평양전쟁 초기에 당황하여 (어쩌면 눈을 감기 위해) 결혼을 했다. 그리고 관례대로 결혼 1개월 만에 소집되었다가 입대 후 일찌감치 가슴 통증으로 군 병원에 3개월간 신세를 지고 소집 해제되었다. 군대 생활에 익숙해져 그곳에서 인간의 항상성을 발견하기에는 너무도 불충분한 경험이었다. 게다가 그 기간은 아무리 보지 않으려 노력을 해도 젊은 기가키가 그때까지 훼손하거나 물에 젖지 않도록 애지중지 간직해온 부적을 찢어버리기에 충분했다. 이 부적에는 조국이라든가 황군이라든가 만세일계萬世一系 등의 말이 배서背書되어 부적은 그 말을 보증하고 담보한 다음에 망연히 사고를 소멸했다, 구원을 닮은 회명晦冥한 세계로의 변용을 가능하게 해 줄 터였다. 소집 해제가 되고 나자 자신은 물론이고 생활 자체가 시큰둥해 보이기 시작했다. 판이 깨져 어색해졌을 때 사람은 친구에 대해서조차 매정해지고 무책임해지는 경우가 있다. 그는 아내를 내버려 두고 떠났다. 국내정치든, 국제정치든 그것은 전파처럼 대기 중에 공전하는 어떤 것이 결코 아니다. 사람은 정치와 더불어 개인적인 범죄도 저지르는 것이다.

그는 연줄을 찾아 홍콩으로 건너갔다가 내친김에 상하이로 옮겼다. 거기에서 독일 대사관 상하이정보처에서 일하고 있던 교코를 알게 되었다. 이 독일 대사관에 한 명의 중국인 청년이 있었는데 이 청년과 교코는 친하게 사귀며 때로는 자신이 작성한 문서 내용이나 일본에 대한 것들을 이야기하거나 논쟁했다. 그런데 종전 후 이 청년이 충칭의 스파이였음이 밝혀졌다. 교코는 무의식 중에 정보를 흘린 것이라 했으나 기가키는 그것을 믿지 않았다. 물론 일본 측 헌병대는 강제로 그녀에게 독일의 동향을 말하게 했다. 그리고 독일인과의 일상적인 대화에 일본과 일본인의 동향을 화제로 삼았을 것임은 의심할 나위가 없다. 이른바 의식하지 못하는 삼중 스파이다. 그런데 기가키가 놀라고 또 그렇기도 하겠거니 하고 이해할 수 있었던 것은 패전 후 누구랄 것 없이 일본을 욕하고 득의양양할 때 그녀는 일본에 관한 정보를 독일 쪽을 통해 충칭에 흘린 사실을 굉장히 후회하는 것을 보면서였다. 원인불명의 열병 같은 것을 앓더니 다시 고도의 신경쇠약에 빠졌다. 기가키가, 고노에 후미마루近衛文麿 내각에 참여하면서 일본 정부의 기밀을 소련에 통보했다는 조르게Richard Sorge 사건 당시의 일본인 관계자에 대해 이야기하면서 "당신 역시 그런 식으로 애국자였는지도 모르는 것 아닌가" 라며 위로해도 "조르게 사건이라면 저도 알고 있어요"라면서 결코 수긍하지 않았다. 그녀가 번민하는 것은 그런 것과는 전혀 다른 대목 다시 말해 국제 문제에 실생활을 가진 개인이 저지를 수밖에 없는 구조 그 자체에 있는 것 같았다.

1945년 패전 후의 일본과 마찬가지로 어학만 가능하면 생계에 지장이 없을 때 그녀는 절대 움직이려 하지 않고 귀국하였다. 기가키와의 동거생활이 상하이와 마찬가지로 이어지고 기가키의 수입만으로는 먹고살기 힘들 정도로 궁핍해도, 또 "점령군과 관련된 일을 해보지 않겠느냐"는 권유가 여러 차례 있었는데도 완강히 거절하고 방출된 옥수수 전분이 들어간 빵을 묵묵히 갉아먹는 것이었다. 그와 그녀는 이른바 서로의 정신이 붕괴된 일각에서 결합되어 있었던 것이다. 긴박한 국제정세, 국제관계라는 극약이 섬나라에서 나고 자란 청년의 마음을 시커멓게 태워서 짓무르게 한 것인지도 모른다. 혹은 이미 금이 가 있던 곳으로 이 극약이 침투하여 성실하고 정직한 것을 변질시킨 것인지도 모른다. 게다가 그렇게 짓무르고 금이 간 인간이야말로 삼중 스파이로 아주 제격인 셈이다. 도이의 행동 역시 그 예외가 아니다.

습한 이슬을 머금은 여름 날이 밝아오기 시작할 무렵 갑자기 언쟁하는 듯한 고성 때문에 그는 잠에서 깨어났다.

"뭔 개뼈다귀 같은 소리야! 네놈들의 애국심이라는 건 우선 네놈들의 조국이 일본이 아닌 거 아니야!"

기가키는 드러누운 채 눈을 떴다. 노한 목소리의 주인공은 하라구치 부부장이었다.

"당신과 논쟁해봐야 소용없습니다. 당신이 말하는 조국이라는 것은 세금과 생활고에 시달리는 민중이 실제 살고 있는 조국이 아니라 전쟁 중의 그 선동적인 비국민이라는 말을 뒤집은 것에 불과한 것 아닙니까!"

대답한 이는 미쿠니였다. 2세 도이가 요코하마에서 언제 돌아왔는

지 발그레한 얼굴로 하라구치와 미쿠니 두 사람 사이에 어엿한 모습으로 가로막고,

"자자 하라구치 부부장님, 그리고 미쿠니 씨도 좀 진정하시고……"

라며 일찍이 미국 시민권이 있었던 사내답지 않게 애매한 말을 하고 있었다. 도이가 논쟁의 핵심이 어디에 있는지 전혀 눈치 채지 못하고 있음을 막 잠에서 깬 기가키로서도 한눈에 알아볼 수 있었다. 그는 '싸움이다! 싸움'이라 생각한 것이다. 그리고 '싸우는 거야? 누가 누구랑 싸우는데?' 라며 아침이 밝아올 무렵 따분하기 짝이 없던 야근 기자들이 사방에서 몰려들었다. 하라구치는 가뜩이나 두꺼운 아랫입술을 삐죽 내밀고 주변 분위기 여하에 따라 미쿠니를 아주 박살 내 버리겠다는 기세를 보였다. 기가키는 일어나서 의자에 앉아 미쿠니의 얼굴을 빤히 쳐다보았다. 그는 미쿠니가 진심을 드러내는 것인지 아니면 어딘가에 활자로 쓰인 것을 주워섬기고 있는 것인지를 확인하고 싶었다. 신문기자라는 족속은 십중팔구 잡담을 하고 있을 때는 재미있지만 논쟁을 시작하면 갑자기 개성을 잃고 어딘가에 쓰여 있을 법한 아주 고지식한 것을 꺼내 드는 존재다. 그러나 안색을 잃고 눈꼬리와 입술에 경련을 일으키고 있는 듯한 미쿠니의 얼굴에서는 어떤 결정적인 것도 발견할 수 없었다. 어떻게 하다가 말다툼으로 번졌는지는 알 수 없지만 하라구치의 얼굴에 드러난 것은 미쿠니의 말에 육체적인 혐오를 느껴 화가 났다는 것 말고는 아무것도 없었다.

전후 5년에 접어드는데 아직 우리 사이에는 통일적인 조국의 모습이라는 것이 누구의 눈에도 그 위치의 불안정함을 중요한 계기로 삼는 것 말고는 떠오를 리 없다 라고 기가키는 생각하여 벌떡 일어나기는 일어났으나 마땅히 할 일이 없어 바로 앞에 놓인, 누가 마시다 남긴 줄도 모르는 찻잔의 엽차를 쭉 털어 넣었을 때, 하라구치가 뭔가 타이핑한 외국어 원고를 손에 들고 있는 것을 봤다. 두 사람이 갑자기 입을 다물고 서로 노려보기 시작하자마자 긴장된 공기를 깨고 텔레타이프가 또박또박 뉴스를 치기 시작했다. 일본인이 조국을 논하고 있는 사이에도 수많은 나라들은 제각각 안정되지 않는 세계를 향해 뉴스라 불리는 것을 뿌려 대고 있는 것이다.

두 사람은 함구한 채 바라보며 한동안 꼼짝도 하지 않고 서 있었다. 기가키는 하라구치가 쥐고 있는 원고 아래에 가로로 쓴 사인이 어디서 본 적이 있는 서체라는 생각을 하면서 팔짱을 꼈다. 마침 그때 하라구치가 '나는 육중하다'는 것을 알리기라도 하듯이 털썩 주저앉았다. 그리고 서랍에서 괘지를 철한 서류를 꺼내 다시금 일어서더니 자리를 떴다. 미쿠니는 하라구치의 책상 위에 놓인 조금 전 원고를 기가키에게 가리키며,

"이거 조금 전 도착한 하워드 헌트의 원곤데요, 12시 무렵까지 헌트와 함께 있었죠? 무슨 논쟁 같은 걸 하셨죠? 아주 착실하게 원고에 담겨 있더라고요. 이게 아까 한 말다툼의 원인입니다. 멍청한 하라구치가 헌트의 마구 갈겨댄 의견에 부화뇌동 해가지고 일본의 인

텔리겐치아라는 놈들은 나라를 없애는 일만 생각하고 있다는 식으로 말을 꺼내니까……"

"재군비론인가……"

"아니오, 그래서 제가, 정말 따지고 보면 참된 생각 때문에 나라가 망한 예는 없다, 생각도 제대로 하지 않고 눈앞의 이해를 따져 부화뇌동하는 놈이야말로 나라를 망하게 한다고 그렇게 말한 겁니다. 그러자 갑자기 버럭 화를 낸 거고요."

기가키는 헌트의 원고를 쥐고 읽기 전에 먼저 이 미국인의 근면함에 경탄해 마지않았다. 어쩌면 그는 요코하마에서 전속력으로 사무실로 돌아가 이 원고를 치자마자 곧바로 보냈을 것이다.

제목은 〈기묘한 일본 지식인의 애국론〉이라 하고 일본의 지식인들은 보통의 프랑스인 이상으로 사르트르에 관한 것까지 잘 알고 있는 듯 하지만 국제정세에 대한 인식은 놀라우리만치 감상적이고 유치할 정도다. 어떤 자는 일본의 고립과 고독을 강조하지만 긴박한 정세, 특히 조선전쟁 이후에는 어디에도 고립도 고독도 있을 수 없다는 사실을 알아차리지 못하거나 알아차렸으면서도 일부러 눈을 감으려 한다. 어떤 자는 또 민주주의도 생활 수준도 안전보장도 자유도 모두 미국의 원조에 좌우되고 있다, 바꿔 말하면 미국의 원조가 없는 일본을 사랑해 마지않는다며 극언을 서슴지 않는다. 이런 몰상식하고 일본 국민 자체를 모욕하는 듯한 애국론은 어디에서 나온 것일까, 혹은 이것은 일본 지식계급이 억압의 역사를 반복하여 오늘에 이른 것에서 비롯된 일종의 전통적 습성인 것인가…….

읽어가는 중에 기가키는 등 뒤에서 미쿠니의 예리한 시선을 느꼈는데 마치 렌즈를 통과한 광선에 피부가 타는 듯 했다.

"앞부분은 자네가 지적한 것처럼 내가 한 말을 그대로 전하고 있네."

"그렇죠, 아무래도 이 '고독' 등의 단어는 헌트처럼 팔팔한 기자의 어휘에는 있을 것 같지 않았어요."

"헌트의 생각에 부화뇌동한 하라구치가 무엇을 하겠다는 건지는 알 수 없지만 자네가 그렇게 말을 해도 어쩔 수 없는 면이 있어. 나는 요즈음 국제정치라는 것이 이미 인간의 이성을 완전히 넘어서 버린 데서 전쟁을 유일한 리얼리티로 삼은 괴물적 논리로, 아니 그보다는 조직적으로 몰고 가는 것처럼 보여서 견딜 수가 없네."

"요컨대 그 사이에 끼어 인간과 평화는 내팽개쳐진 까닭에 고독하다는 건가요."

"그래."

"그러니까요, 아까도 경제기구에 대해 이야기했잖아요, 그 고독을 서로 연결해서 인간적인 논리에 실리도록 해야 한다는 말이라고요. 프랑스 공산당 기관지가 〈뤼마니테L'Humanité〉 = 인간성이라 불리는 이유입니다."

여기서도 기가키는 완전히 허를 찔리고 말았다. 그러나 기가키는 미쿠니의 팽팽하고 아름답기까지 한 얼굴을 뚫어지게 바라보면서 생각했다, 그의 논리에는 애매한 구석의 그림자가 하나도 없다, 애

매한 것이 전혀 없는 논리는 일상인의 논리라기보다 영원히 투쟁하
는 자의 논리가 아닌가. 그러나 투쟁하지 않고 또 피를 흘리는 일 없
이 평화와 인간다운 생활을 획득한 예는 일찍이 있었던가 없었던
가…….

"어쨌든 고독이라는 것은 잘 모르겠습니다만 어떤 조직도 해소할
수 없는, 세계를 날려 보낼 만큼 견고한 심 같은 어떤 것이겠지만, 그
러나 그렇게 생각만 하고 있다가는 아무것도 할 수가 없어요. 예컨대
점령하에서도 한 발 내디뎌 행동하지 않는 한에서는 당신이 말하는
'고독' 속에서 고독조차 사라지고 영화처럼 점점 페이드아웃해 가다
가 일본이라는 존재 자체가 어딘가로 용해되어 버릴 겁니다."

"기가키 씨 이렇게 좋은 일거리가 있는데 어쩌다 이런 신문사 같
은 데로 오신 겁니까?"

급사가 각각의 데스크에 조간 9판, 최종판을 배포했고 그것을 일
부러 바스락거리며 펼친 도이가 어미를 길게 늘여 빼 '~입니다' 라며
광고란을 가리켜 보였다. 도이는 어쩌면 미쿠니와 기가키가 또 말다
툼을 하는 게 아닐까 하고 마음을 쓰고 있었던 것이다. 혹은 두 사람
의 짧지만 긴장된 대화가 불쾌했던 것이다. 그가 손가락으로 가리킨
곳에 기가키가 번역한 탐정소설 광고가 나와 있었다.

"어디야 어디, 《방황하는 악마》라, 과연 멋진 제목이로군요. 괴물
이 대낮에 거리를 배회한다? 설마 공산당 선언의 첫머리에서 훔쳐
온 건 아니겠지요."

미쿠니의 농담은 논쟁이 있은 다음이어선지 어색했다. 그때 식당에서 하라구치가 기가키에게 전화를 걸어 잠시 할 이야기가 있으니 괜찮으면 아침식사를 같이 하지 않겠느냐고 했다.

"정식 사원으로 채용할 테니 라는 말을 할 겁니다, 분명히. 그래도 거절하세요, 집에서 탐정소설을 번역하는 게 마음 편하고 무엇보다 즐겁게 할 수 있는 일이잖아요. 이런 데 있으면 끝이 안 좋습니다."

도이는 거기까지 듣고 미쿠니를 흘끗 올려다보더니 고개를 움츠려서는,

"조선처럼 혁명이라도 일어난 날에는 이라는 말입니다, 모든 이야기가."

도이는 서랍을 열어 포켓북의 탐정소설, 스릴러소설 따위를 여덟아홉 권 정도 꺼내서 보여주었다. 모두 미국에서 만든 책이었는데 표지에는 하나 같이 젖가슴만 봉긋 솟아오르고 얼굴이나 몸 전체 근육은 축 늘어져 이완된 여자라든가, 계단에 거꾸로 넘어진 시체와 권총, 약병 등이 그로테스크한 색채로 몽타주 되어있었는데 그중의 한 권은 기가키의 눈길을 사로잡았다. 그것은 뉴욕 타임스퀘어 교차로 한가운데 꼼짝도 하지 않고 서 있는 사내를 그린 것으로, 사내는 사방에서 몰려드는 각양각색의 자동차에 당장이라도 치일 것처럼 보였다. 제목은 《거리의 이방인Stranger in Town》이라는 것이었다.

3층의 편집국을 나와 6층에 있는 식당까지의 계단을 오르는 내내 기가키의 다리는 마음만큼이나 무거웠다. 지난밤 반 철야를 한 탓만은

아니다, 정식 사원이 되라고 권하면 어떻게 답변해야 하는가. 이 결단에는 다달이 들어올 월급 이상의 것이 걸려 있었다. 선택! 선택! 선택하지 않는 자유 따위는 자유가 아니다, 그런 것을 머릿속으로 뇌까리며 5층까지의 계단을 다 올라왔을 때 갑자기 그는 걸음을 멈추었다.

"Stranger in Town"

임의의 stranger를 주인공으로 하여 소설을 써보면 어떨까. 이 임의의 인물이 주변의 교차하고 대립하는 현실에 대응해 가면서 자신의 입장을 선택한다. 다양한 사건, 사고를 접하고 선택된 그 입장과 위치가 이번에는 거꾸로, 말하자면 대각선과 같이 인물의 위치를 결정해 간다. 요컨대 전파탐지기가 전파를 교차시키고 비행기의 위치를 측정하듯이. 위치가 결정되면 그때까지 임의의 비행기였던 것이 그 위치에 있는 어떤 특정의 비행기로 바뀌는 것처럼, 이 인물은 위치 결정에 따라 임의적 인물에서 특정 인물로 바뀐다. 일단 거기까지 묘사한다.

세상에 임의의 인물, 임시로 잠깐 고용되었다는 식의 인물이라는 것은 존재하지 않는다. 모두 특정 인물인 것이다. 그러므로 임의의 인물이란 완전한 픽션이다. 이는 보통의 살아있는 인간의 존재 방식과는 거꾸로지만 역산함으로써 미지수 X, 즉 각각의 인물을 특정한 각각의 인물로 다른 데서 별도의 방식으로 성립시키고 있는, 그 예측 불능의 지역을 밝혀낸다. 그곳을 드러내는 데 힘을 집중한다. 바꿔 말하면 태풍을 태풍으로 성립시키고 있는 태풍의 중심에 있는 눈의 허무를 바깥쪽 현실의 바람을 묘사함으로써 밝혀낸다. 이렇게 해서 내 존재 중심에 있는 허점을 현실 속으로 끄집어내면 나는 실체적 존재로서의 나를 훨씬 정확하게 밝혀낼 수 있는 것 아닐까. 예측 불능의 지역, 태풍의 눈, 그것은 인간에게 영혼이라 불리는 것 아닌가. 만약 그것이 죽어 있다면 소생시켜야 한다. 이 〈소설〉의 제목은 그렇다, 우선 Stranger in Town 이를 의역하여 광장의 고독이라 한다.

기가키는 계단의 층계참에 멈춰서서 한 손을 겨드랑이에 대고 머리를 숙인 채 배라도 아픈 듯한 모양새로 시궁창 냄새가 나는 아침 바람에 시달리고 있었다. 잠시 후 목덜미와 얼굴이 끈적거렸다. 아까 데스크 위에 흩어져 있던 전문 중 하나에는, 귀중한 원자폭탄의 가장 경제적인 사용법은 population bombing인데 이제 원폭은 많이 만들어져 있으므로 비경제적인 사용법을 더불어 생각해야 한다, 라고 적혀 있었다…….

그는 창문에서 아래를 내려다보았다. 신문배달차가 속속 되돌아오고 있었다. 저기로 훌쩍 몸을 던져볼까, 소극적으로 싫증이 났다는 의미가 창에서 몸을 던지는 행위인가. 그러나 지금 여기에서 몸을 던지는 일은 죽는 것도 못 되는 픽션에 지나지 않는다. 그는 도이가 보여준 스릴러소설의 표지 그림을 생각했다.

하라구치는 가지런하지 않은 콧수염에 된장국 건더기를 묻힌 채 사발에서 많은 양의 밥을 젓가락으로 건져 올려서는 입으로 나르는 중이었다.

이야기라는 것은 사원이 되느냐 마느냐의 문제가 아니었다. 아니 그 이상이었다. 먼저 식사를 끝낸 하라구치는 목에 두른 수건으로 정성스레 콧수염에 묻은 된장국 건더기를 닦아내고 턱을 빼고 말문을 열었다.

"자네를 신용한다는 전제 하에서의 이야기네만……, 자네에 대한 이야기는 두세 가지 들은 바가 있어서 말이지." 하라구치는 사회부에서 잔뼈가 굵은 후 정치부를 거쳐 섭외부의 부부장에 오른 사내였다. "그래서 하는 말인데, 나는 이번에 이 회사를 그만둘 거야. 다른 일을 시작할 거네. 그래서 하는 말인데 자네는 계속 신문사에 있을 마음이 없잖은가, 아닌가."

"아마도 없습니다."

"아마도라? 아주 미덥지 못한 대답이로군. 뭐 그렇다 치고. 그래서 하는 말인데 단도직입적으로 말하자면 나는 회사를 그만두고 이번에 만들어지는 경찰보안대로 들어갈 거야. 섭외와 정보를 담당하게 되어있지. 나도 신문의 그 무서명의 기사만 쓰는……그 뭐랄까, 뭐든 개인적인, 책임의, 그, 재미없는 일에 질려 버린 셈이지. 그래서 하는 말인데."

그래서 하는 말인데, 그래서 하는 말인데 라는 말이 열쇠처럼 작동하여, '나'로 시작되는 고백성사 같은 말을 했을 때의 묘하게 지식인 같던 얼굴이 순식간에 지워져 갔다.

"그래서 하는 말인데, 좀 확인해 두고 싶은 것이 있는데 자네 사상적으로는, 무색투명하지, 그렇지? 모두 그렇게들 말을 하던데 말이지."

"무색투명 따위는 아닙니다. 모두라니 누구를 두고 하시는 말씀인지 모르겠습니다만, 불투명 중에서도 불투명, 애매모호하기로는 이매망량魑魅魍魎 횡행입니다."

"하하핫, 이매망량이라! 손들었네. 그래서 하는 말인데, 어쨌든 모두가 말한 바를 신용한다는 전제 하에서 말인데, 자네 나 가는 데로 와주지 않으려나. 이런 회사에서 쥐꼬리만 한 월급으로 혹사당할 필요 없어. 외국어도 잘 하잖는가."

하라구치는 이쑤시개를 쓰다가 슬그머니 목소리를 낮췄다.

"지금은 어느 나라건 국내 정치라지만 있으나 마나 한 시대야. 그런 의미에서 외국어 능통자는……"

"읽고 쓰기는 할 수 있지만 말하기는 능통하지 못합니다. 게다가 저는 경찰이나 군대는 딱 질색입니다. 모처럼 말씀을 꺼내셨는데 사양하겠습니다."

하라구치는 급하게 손을 뻗어 주전자에서 차를 콸콸 따라서는 기가키에게 시선을 꽂아놓고 울대뼈를 상하로 움직여 단번에 들이켰다. 돌출한 울대뼈에는 면도 후에 생겼을 법한 보라색 부스럼 같은 것이 알알이 돋아나 있었다. 기가키가 그의 제안을 거절한 것은 확연하고도 설명 가능한 이유에 연유한다기보다 오히려 이 지저분한 부스럼 때문이었는지도 모른다.

그러나 이삼일 전 미쿠니의 말에 따르면 북한군을 왜 '적'이라 부르는 것인가 라는 질문 때문에 기가키를 사상적으로 의심스럽다고 말했다는 당사자 하라구치가 누구에게 어떤 말을 듣고 '신용'했는지는 모르지만 어째서 이런 이야기를 가지고 온 것일까, 사상이 의심스럽다고 한 것은 기가키를 스카우트하기 위한 방편이었단 말인가, 아니면 방벽의 일각이 무너져, 흐물흐물하던 속이 들여다보이는 구조를 간파했다는 뜻인가, 기가키는 무슨 일을 저지를지 모를 자신이 갑자기 두려워졌다.

이어서 하라구치는 사용부장의 전언이라며 자락을 깔고 "내 쪽으로 오지 않으면 일단 사원은 되겠구만, 그건 좋은 일" 이라고 못을 박았다.

"만약 그렇게 된다면 우선 소란스럽지 않게 그냥 될 것입니다."

"그 의미는 무슨 의미인가?"

"우선 상의를 해야…… "

"자네 마누라에게, 아니면 자네를 소개한 S사의 전 간부에게?"

"둘 다입니다."

하라구치는, "그런가 그도 그렇겠구만"이라는 투로 고개를 끄덕이고 "그럼"이라 하면서 그만 일어섰다. 그의 얼굴에 결단을 내리지 못하고 기회를 놓쳐버린 자에 대해 경멸하는 듯한 표정이 드러나 있는 것을 기가키가 놓칠 리 없었다. 일어서자마자,

"아무튼 우리 회사는 반동신문이니까, 게다가 경찰 나부랭이쯤은

자네들……동조자 입장에서는 언제고 파쇼처럼 보이겠지.”

그렇게 내뱉은 뒤 어깨를 펴고 식당을 빠져나갔다. 바지 뒷주머니에는 괘지에 먹으로 표시한 서류와 그것을 타자한 영어 번역본이 비쳤다. 갈겨쓴 서체로, 의견이라 쓰인 대목만 보였다.

일단 상의를 해 봐야…… 일단 상의? 누구와 상의를 한다는 말인가. 개인이 책임지고 결정해야 할 사항을, 대개는 조금 생각할 시간이 필요하다든가, 저 혼자만의 생각으로는 안 되겠다든가 해서 회피하거나 지연시켜서 우선 개인의 책임을 모호한 것으로 환원하고 나서 행동한다, 이 나라의 사회적 관습에 그도 지금 타협하고 따른 것이다. 소극적으로 싫증만 낼 처지가 아니다. 그리고 아직이라고, 그는 생각했다, 하라구치는 자네들 동조자……라고 했던가, 동조자란 무슨 동조자란 말인가? 그는 뭔가 상하 진동 같은 것에 분수령의 이쪽과 저쪽으로 내 던져지는 흔들림을 발밑으로 느꼈다.

편집국으로 돌아오자 조기 출근조 기자의 반수 정도가 나와 있었고 사방에서 전화벨이 울려 댔다. 이 세상이 없어져 버리기 전까지 계속될 신문사의 하루가 또 시작되고 있는 것이었다. 퇴근 준비를 하던 미쿠니가,

“어디서 커피라도 마시고 도쿄역에서 헤어지는 게 어때요, 기가키 씨도 야근을 한 것으로 해 두었으니까” 라며 권했다.

5

아침 6시 전후부터 8시 무렵까지 바바사키몬馬場先門에서 마루노우치丸の内 일대를 걸어본 적이 있는 사람이라면 누구나 알고 있을 테다. 푹 꺼진 해자와 수백 년도 더 오래전부터 있었을 법한 석축이 있는 풍경을 앞에 두고 각양각색의 빌딩이 늘어서 있고 그 빌딩숲 밑바닥의 패인 아스팔트 길 양쪽으로 빨강, 초록, 노랑, 검정, 왜청, 회색에 보기에 따라서는 야전을 연상시키는 카키색 자동차가 즐비하게 서 있다. 그리고 그 자동차에는 거의 한결같다고 해도 좋을 만큼 키가 작고 목이 짧은 일본인이 매달려 있다. 나이는 열네다섯에서 스물대여섯 정도로 보이는 젊은이들이 한 손에는 가죽이나 헝겊 쪼가리 같은 것을, 다른 손에는 왁스가 든 병이나 깡통을 들고 긴 시간 동안 차체의 아주 미세한 부분까지 놀라울 정도로 정성을 들여 광택을 내고 있는 것이다. 미쿠니와 기가키가 나란히 외신기자 클럽 앞까지 이르렀을 때, 거기에서도 점령군의 모자를 흉내 내어 만든 것을 쓴 소

년이 기자들의 지프나 세단을 닦고 있었다. 개중에는 헌트의 지프도 보였다. 마루노우치 안에 몇 번 관館이라는 명칭의 낡아빠진 붉은 벽돌의 낮은 빌딩가에는 크림이 썩은 듯한 악취 비슷한 냄새가 감돌고 있었다. 이 냄새 속에서도 소년들은 기가키 등이 아무리 들어도 외우기 어려운 재즈 멜로디를 흥얼거리며,

"오케이?"

"노 굿이야"

등의 은어 같은 말을 주고받으면서 자동차를 닦고 있었다. 어떤 소년은 또 입을 꽉 다문 채 열심히 윤기를 내느라 애쓰고 있었다. 노래를 부르던 녀석이나, 떠들던 녀석이나, 입을 다문 녀석 모두 한동안 닦다가 조금 떨어져서는 차체의 광택 정도를 지그시 바라본다. 그들이 자신들이 이룬 일의 성과를 바라보는 눈매에는 미묘한, 분석해 보면 각각의 일본인 전체에 공통적인, 콕 집어서 말하기 어려운 어떤 표정이 숨어 있었다. 그것은 차가 번쩍번쩍 빛나기 시작한 것에 만족하는 것 같기도 하고 허전하고 무의미한 웃음을 웃는 것 같기도 하다. 자조적인 것도 거기에 담겨 있으며 걷잡을 수 없는 불평불만 같기도 하고 그 불평불만이 반들반들 빛나는 차에 반사되어 자신에게 되돌아오는 것에 대한 어떤 얄망궂고 가학적인 느낌을 즐기는 것 같기도 하다. 어쨌든 그들이 아무리 이 차들을 닦아도 이와 비슷한 차를 자신의 것으로 만드는 일은 어쩌면 평생 불가능할 것이다.

기가키는 소년들의 이러한 복잡한 표정을 보는 것이 이번이 처음

은 아님을 막연하게 떠올리고 있었다. 그것은 언제 어디에서 본 표정이었던가, 분명히 이것과 완전히 똑같은 표정을 한 소년들 그리고 성인들을 본 적이 있다…….

그렇다, 그것은 전쟁 중에 홍콩에서, 상하이에서, 사이공에서, 싱가포르에서 일본인의 차와 구두를 닦던 소년들, 자동차지기나 문지기를 하고 있던 성인들의 표정 그대로가 아닌가. 중국인, 베트남인, 인도네시아인, 필리핀인, 인도인, 백계 러시아인 등 그들이 일본인 밑에서 지금 자동차를 닦고 있는 소년들의 얼굴을 하고 있었던 것이다. 그리고 또 언젠가 요코하마에서 본 노동자의 엉거주춤한 표정, 또 그를 스파이라 오해한 술집에서 만난 사람들, 만국기 같은 의상을 두른 젊은 남녀. 그것은 기가키 자신의 얼굴이기도 하고 미쿠니의 얼굴이기도 하며 장궈쇼우의 얼굴이 아니라 할 수도 없다. 극단적으로 말하면 이 표정을 벗어난 존재는 불상뿐일지도 모른다. 소년들의 눈매나 입매는 지금 일본인이 저들 아시아인들과 동일 수준에 있음을 너무도 명확하게 말해주고 있다.

기가키는 이런 감상을 입 밖으로 꺼내 옆을 걷고 있는 미쿠니에게 들려주고 싶은 충동에 이끌렸다. 미쿠니는 공산주의자였다. 공산주의는 이 민족문제에 예민하게 눈을 돌려 이를 그 원형에서 파악하고 있는 유일한 이데올로기가 아닐까. 그러나 이를 위해 헌트가 말한 '근대사에 일찍이 없었던 인간 참극'을 불러일으켜도 좋다는 의미는 아니다. 하지만 정치는 거기에 또 냉엄한 쐐기 한 방을 때려 박는다,

과연 이것은 무기를 드는 일 없이 해결할 수 있는 정도의 문제일까. 여기까지 이르자 기가키는 또다시 판단 정지 상태가 되었다. 걷는 것이 성가셔졌다. 하루에도 수십 번씩 판단 정지에 빠져 살아간다는 것은 결국 무엇을 숙고한다 해도 결말은 하나같이 판단 정지로 끝난다는 것을 의미한다. 이래가지고는 예컨대 어떠한 동요, 동란이 있더라도 부재자나 다름없다. 소설 속 인물보다 더욱 허구에 가깝다. 그는 누구인가, 흉중의 동요, 동란이다, 그는 무엇을 하고 있는가, 1950년 여름 20세기 정오의 분수령에서 판단을 멈추고 있다. 금속과 같은 여름의 광선이 번쩍이는 마루노우치의 아침에 도쿄역을 향해 걷고 있는 기가키는 살아있는 것이 아니다, 게다가 죽어있는 것도 아니다. 그는 미쿠니에게 말을 걸고 싶은 충동을 억눌렀다. 스스로 판단을 정지하고 그렇게 다른 사람에게 말을 건다는 것, 그것은 성감을 제거하고 성교를 하는 것과 같다. 그러나 충동은 억제했어도 왁스를 손에 든 소년들의 표정에 변화는 없었다. 저벅저벅 군화 소리를 울리며 점령군의 여자 병사 하나가 걸어오고 있었다. 복장은 흐트러짐 없이 청결하고 눈은 정면을 응시하여 기가키처럼 여기를 봤다 저기를 봤다 두리번거리지 않았다.

"잠깐 시골집에라도 다녀올까."

무심결에 그런 말이 말문을 박차고 나왔다. 미쿠니는 졸지에 벌어진 일이라, 뭐요? 뭐라구요? 라며 반문했다. 소년들은 복잡한 표정을 지은 채 말없이 잠자코 있다. 그것을 입 밖으로 내어 부르짖거나 표현하려 하지 않는다. 입 밖으로 내기 어려운 감정은 향수鄕愁처럼 안으로 틀어박힌다. 향수, 그런 말을 떠올린 데서 시골집의 어머니를 회상했고 그리하여 '시골집에라도 다녀올까' 라고 말한 것이었는데, 아시아의 민족문제가 어쩌다 우회로를 떠돌고 또 어쩌다 기묘한 표현에 봉착하게 된 것일까. 기가키는 어디선가에서 미친 듯이 웃는 소리를 들었다. 그리고 무심히 손을 목으로 가져가는 한편, 가슴이 매슥거리기라도 하다는 듯이 손바닥으로 가슴 언저리를 쓸어내리다 안쪽 주머니에 찔러 둔 티르피츠의 돈다발 위에서 손이 멈추어 버려, 전신이 저리는 듯한 느낌이 들었고, 발이 움츠러들었다. 그는 무의식적으로 이 천삼백 달러의 지폐를 그의 집 깊이 묻어 버리려고 고심 중이었던 것이다.

"피곤이 몰려오네요. 저는 이제 집으로 갔다가 또 외출을 해야 합니다."

여태까지 입을 다물고 있던 미쿠니가 말문을 열었다. 미쿠니가 여태 잠자코 있었던 것은 기가키와 하라구치 사이에 있었던 이야기를 기가키가 먼저 꺼내주기를 기다리고 있었던 것인지도 모른다. 그러나 기가키는 그것을 말할 기분이 아니었다. 그리고 미쿠니가 귀가한 후의 용건이란 틀림없이 세포의 일일 것이라 직감했다.

"만약……그……뭐니 뭐니 해도 나 같은 인간은 위험해서 세포 일 같은 것은 할 수 없겠지……"

"아니오, 당에 가입하면 달라집니다. 확실히."

"나는, 지금……"

기가키는 여기에 미국 달러로 천삼백 불을 갖고 있다고 말하려던 참이었다. 하지만 무엇 때문에 그런 것을 미쿠니에게 말해야 하는 것인가, 기가키는 현기증과 헛구역질에 가까운 증상을 느꼈다. 그러나 미쿠니는 갑자기 긴장한 표정으로 예리하게 기가키의 눈을 똑바로 바라보았다. 그리고 가던 길을 멈추고는 우뚝 섰다. "나는, 지금……", 미쿠니는 세포의 일 운운하며 방금한 기가키의 말에서, 뭔가 당에 참여한다, 혹은 하고 싶다에 가까운 말이 그 뒤를 이어야 마땅하다고 해석했는지도 모른다. 기가키의 마비된 듯한 표정이 이 해석을 뒷받침하고 있었다.

"입당하는 사람이 모두 다 당이나 운동 방침에 대해 충분하고도 불가결한 지식과 각오를 갖고 있다고는 할 수 없습니다. 무엇이든 미리 다 아는 일은 불가능하니까요."

이야기는 전혀 예상치 못한 방향으로 머리를 확 틀었다. 기가키는 어안이 벙벙했다.

"아아……"

목구멍 속에서 무의미한 동물적인 소리가 기어 나왔다.

1923년에 세워진 도쿄역 앞의 마루丸ノ內빌딩의 외국항공회사 유리창에는 오가는 샐러리맨들과 별반 차이가 없는 기가키의 모습이 비치고 있었다. 다른 점이라고는 그가 더운 날씨에도 상의를 입고 있다는 것 정도였다. 남방셔츠의 미쿠니는 손수건을 꺼내 땀을 닦고 있

었다. 우뚝 선 채로 30초 정도의 침묵이 흘렀다. 그 순간 미쿠니는 "나는, 지금"이라는 기가키의 말이 그의 해석과는 전혀 다른 내용의 머리말이었음을 알아차렸을 것이다. 그는 기가키의 곤혹스러워하는 표정에 얼굴을 돌려 먼저 발을 내딛었다.

그 30초 동안에 기가키도 선택했는지 모른다. "나는, 지금"의 뒤를 잇는 말이 일생을 다른 방식으로 변혁했을지도 모른다. 지금, 그것은 현재다. 모든 것은 현재에 내포되어 있다. 천삼백 달러도, 공산당도, 경찰보안대도, 정식입사도, 〈소설〉을 써볼까 하는 생각도, 또 교코와 젖먹이의 호적도, 법률상의 '처'도, 아르헨티나로의 도망도, 나아가서는 몇 년 후의 전쟁도 평화도, 그 자체 하나하나를 떼어놓고 생각하면 모순되는 것은 물론이고 대립 내지 대적하는 것조차 그의 현재에 포함되어 있는 것이다.

미쿠니는 확실한 발걸음으로 90도 회전하여 항공회사 유리창에 모습을 남긴 채 어떤 재앙을 물리쳐 날리기라도 하듯이 손을 흔들며 마루 빌딩 앞의 큰길을 건너 도쿄역으로 향했다. 기가키가 그것을 알아차리고 한 걸음 내딛으려 한 순간 기다렸다는 듯이 신호가 빨간색으로 바뀌었다.

"기가-키"

부르는 소리가 들렸다.

항공회사에서 장귀쇼우가 나오고 있었다.

"지난밤에는 미안했어. 어젯밤 자네와 헌트가 나가고 난 뒤에 전보가 왔어. 오늘 밤 비행기로 뉴욕으로 출발하게 되었지. 그런데 자네 미쿠니와 함께 있지 않았나……"

그러더니 장은,

"미-쿠니"

라고 큰 소리로 불렀다.

안전지대에서 신호가 바뀌기를 기다리고 있던 미쿠니는 어깨를 틀어 올리듯 뒤돌아보았다. "어디서 커피라도 마시자구. 요즘은 외신 기자 클럽 따위보다 일본인이 운영하는 가게가 훨씬 맛있는 것 같아. 일본도 어느 정도 살만해진 거지, 아시아 여러 나라가 불쾌해 할 거야. 그런데 자네 헌트가 말이지." 장은 급한 뉴욕행으로 흥분한 탓인지, 기가키의 어깨를 감싸고 계속 떠들어댔다. "그 자식, 밤중에 기어 들어 와서는 느닷없이 타자기를 타닥타닥 두드리더군. 그게 끝났나 싶었더니 이번에는 다시 샌프란시스코의 마누라한테서 전화가 오는 거야. 그런데 이 전화가 또 마구 들썩거리는 거야. 그 자식 마누라, 친구들하고 아파트에서 헌트의 생일 축하 파티를 하고 밖으로 나와서 할렘 근처 나이트클럽으로 간 거지, 목소리가 취해 있더라고. 수화기에서 분명히 니그로였을 거야, 굉장한 재즈, 비밥bebop의 엄청난 소리가 쑥쑥 흘러나오고 마누라는 마누라대로 헤롱헤롱 하더라고. 헌트는 딱할 정도로 걱정을 하느라 타자기를 두드리던 기력은 어디로 가고, 이럴 때 일본어로 뭐라 했더라."

"푸성귀에 소금 뿌린 듯, 말인가."

"그래 그거. 으흐흠 으흐흠 하면서 마치 호랑이처럼 신음을 하더라고. 이 1막이 끝나고 드디어 잘 수 있겠구나 싶었는데 이번에는 전보가 오는 거야."

"당신의 전근 명령?"

"아니 헌트야. 프랑스령 인도차이나의 하노이행이야. 하노이에 있던 놈이 말라리아로 쓰러진 거지. 그 자식 당황해 가지고 짐이야 카메라를 부스럭부스럭 꺼내는 덕분에 이쪽은 그야말로 잘 수가 있어야지. 내 뉴욕행 좌석이나 짐은 예약이 끝난 상태라 오후에 해도 상관이 없었지만, 하여간 이런저런 일로 새벽 댓바람부터 나도 밖으로 나오게 됐다. 헌트 녀석 '마타나이'라 해놓고 예방 주사를 맞으러 뛰쳐나갔어. 인도차이나의 호치민이 북한과 호응하여 또 시끄럽게 굴기 시작했고, 내가 유엔에 가는 거랑 비슷한 거야."

"헌트의 그 '마타나이'는 뭐에요?"

라고 물으면서 세 사람은 커피잔을 이별의 술잔을 대신해 들어 올렸다.

'마타나이!' 장은 찻잔을 든 채 눈을 부라리며 말했다.

"헌트가 See you again을 일본어로 뭐라 하는지 묻길래, '마타네'라 한다고 가르쳐줬지. 그런데 그는 아무래도 '네' 라고 못하더라고. 아무리 가르쳐 줘도 '마타나이'라 하는 거지. 그럼 '기다리지 않겠어(=마타나이待たない)'로 의미가 와전되어 버린다고 여러 차례 이야기를 해도 '네'라는 발음이 안 되는 거야. 나도 귀찮아져서 '마타나이' 하기로 했지. 하하핫."

장은 유쾌한 듯 웃었다. 그러나 조급하게 접어 넣듯이 말을 이어 가는 말눈치에는 주위의 다른 손님들이 돌아볼 정도의 웃음소리에 반하는 어떤 초조함이 묻어났다. 나이트클럽에서 다른 집 마누라가 취하든 말든, 헌트에게 전근 명령이 떨어지든 말든, 지금은 웃고 있으면 되는 것이다. 그깟 일 때문에 신경이 예민해져서야 전선 기자로 근무할 수 있겠는가.

"'마타나이'라, 그럴 수 있겠네요. 그러나 헌트 씨 사모님은 필시 기다리다 지치신 거겠죠. 여러모로 종군 기자는 사상자가 많으니까요. 기다리다 지친 나머지 과음하신 걸 테고요. 그런데 장 선생님네 가족은?"

기가키는 순간 정신이 번쩍 들어 미쿠니의 옆구리를 찔렀다. 하지만 이미 늦었다. 콧방울이 탄력을 받아 양껏 부풀 정도로 유쾌해 보이던 장의 얼굴은 순식간에 밋밋해지더니 무표정하게 커피를 홀짝거리는 모습으로 바뀌어 버렸다. 장의 처와 자식에 대한 질문은 금물인데……. 뉴욕의 유엔으로 가는 것은 기자로서 의욕이 충만한 것일지 몰라도, 그러나 그것은 그의 육체 깊숙이까지 파고든 애정으로부터 멀리 떨어져 가는 것을 의미했다. 거리만의 문제가 아니다. 일과 애정 사이로 정치가 파고들어 그 둘을 끊어 버린 것이다. 그가 자신의 일에 충실하면 충실할수록 이 거리는 공산주의 중국은 물론 처와 자식으로부터도 멀어져 그는 마침내 잃어버린 고독의 인간이 될지도 모른다. 장은 물끄러미 전방을 주시한 채 아무런 대답도 하지 않았다. 그러나 사정을 모르는 미쿠니는 기가키가 옆구리를 쿡쿡 찌르는 바람에 좀 의아스럽다는 듯 돌아보기는 했지만 개의치 않고,

"유엔으로 가시게 되면 거기만큼은 어쨌든 항상 두 세계가 공공연히 소통하는, 열린 광장이니까 어느 쪽이 어떻게 기울지 세계적인 드라마를 실시간으로 바로 곁에서 목격할 수 있다는 의미잖아요……"
라고 국민정부계 신문통신원 장궈쇼우의 의견을 듣고자 했으나, 장은 포동포동한 두 손의 손가락으로 찻잔을 감싼 채 고독한 자세를 바꾸려 하지 않았다. 그러다 장은,

"United Nations! United Nations!" 라고 내뱉듯이 말문을 열더니,

"국제연합, 국제연합이라 떠들어 대지만 당신, 국제연합의 또 하나의 이름이 뭔지 알아요? 그건, Not So United Nations! (그다지 국제, 연합이 아니다)라는 겁니다. 거기는 요컨대 3차대전을, 그래요, 피하거나 늘리기 위한 안전장치 같은 곳인데 이 장치에서 후욱 하고 뿜어져 나오는 악기류惡氣를 매일 마시며 살다 보면 대부분 머리가 이상해지겠지요. 그런 비생활적이고 전혀 비생산적인 악기류를 두고 국제정세라 하는 겁니다."

비생활적이고 비생산적, 기가키는 티르피츠 남작을 떠올렸다.

장은 낮은 목소리로 중얼거리듯 여기까지 말하고는 시계를 보더니 일어섰다.

"마타나이."

장이 국제연합에서 이 악기류에 취해 있는 사이에 타이완과 상하

이에 있다고 한 그의 처와 자식은 어떻게 되는 것은 아닐까. 아내와 아이 그리고 타이완, 이 건장한 중국인 장궈쇼우가 중국으로부터 잃어버린 사람이 될 것이라고는 생각할 수 없다……그러나 중국 본토의 정치는 그를 반동 반혁명 분자로……아니, 아니, 그는…….

판단 정지나 무엇이라기보다 기가키는 자신의 사고 내지 동요의 중심부에 뼈끔히 검은 구멍 혹은 태풍의 눈 같은 것이 있어서, 여러 상반된 판단이 서로 타진하여 생겨나는 사고의 물고기가 태어나자마자 그 구멍, 그 눈 속으로 빨려 들어가는 듯한 느낌이 들었다. 혹시 그 구멍, 그 태풍의 눈만 도려내어 박물관에 진열하게 된다면 거기에는 인간적이라는 암호 비슷한 표딱지가 붙을지도 모른다. 미쿠니는 일어서서 장과 악수를 나누고 있었다. 기가키는 그것을 지켜보면서 자신을 포함하여 세 사람이 만든 삼각형 안에 무언가 서늘한 것, 시간처럼 흘러가는 것, 변혁되고 교차하는 어떤 것이 있다고 느꼈다. 거기에 또 한 사람 새로운 제4의 인물이 와 있는 듯한 느낌도 들었다. 그리고 밖으로 나왔을 때 문 하나가 삐거덕하면서 열린 것 같았다. 눈부신 여름 햇살이 휙 덮치며 그의 가슴 속 암실의 혼탁하고 정체된 기운을 내모는 것 같았다. 그리고 그는 다시 〈소설〉에 대해 생각했다. 줄거리나 이야기에 기대지 않고 흉중의 동요, 동란이 이끄는 대로 더듬어가 본다. 그러한 소설을 써보자. 그에게 소설은 이미 괄호 안에서 밖으로 나와 있었다.

미쿠니는,

"저는 다른 용건이 있어서······"

라며 두 사람과 헤어졌다.

"지난밤 바론 티르피츠를 만났습니다."

"만났어? 자네는 상하이에서 알았다고 그랬지. 그런데 말이야, 조심해야 돼. 그 놈은 지금이야 합법적이지만 머지않아 비합법화 되면 단번에 군사재판 감이거든. 자네, 그 인간하고 만나는 일 특히 금전 관계를 맺어서는 안 돼, 조심하는 게 좋아. 자네들은 아직 명확하게는 전쟁이 아니라고 생각할지 모르지만 실제로는 국제연합 대 북조선의 사느냐 죽느냐 하는 전쟁이야."

장의 말투에는 남작에 대해서는 끼어 들이고 싶지 않다는 뉘앙스가 배어 있었다. 기가키는 스스로도 너무 우격다짐은 아닐까 하고 의심했으나 장의 태도에는 자기 자신은 티르피츠 남작에게서 벗어날 수 있다는 사실에 안도하는 듯한 모습마저 엿보였다. 그리고 이 기가키의 직감을 방증이라도 하듯이 장은,

"일단 그 티르피츠와 금전 관계를 맺으면 놈은 세상 어디라도 쫓아갈 테니까"

라고 덧붙였다.

기가키는 금방이라도 지금 노인의 작업임에 틀림 없는 돈을 가지고 있다고 밝히고 경험이 있는 듯한 장의 의견을 듣고 싶었다. 그러나 어느 틈엔가 헌트가 지프를 몰고 나타나 주사가 아프다, 비행기는 몇 시다, 샌프란시스코에 도착하거든 마누라 병문안 좀 가줘라,

기가키의 신문사 사람들에게 안부를 전해달라는 둥 타자기처럼 지껄여댄 탓에 기세가 꺾인 나머지 그대로 모두와 헤어지고 말았다.

6

신문사에 출근한지 오늘로 딱 2주째가 되었다. 평소에는 집으로 돌아가는 길의 전차를 타면 그것이 아무리 붐벼도 어쩐지 안심이 되었다. 소음과 활기가 동의어인 듯한 바깥 세계에서의 생활의 문이 쾅하고 닫히고 교코와 아이, 그리고 자신의 일 혹은 다치카와의 말마따나 취미라 불리는 쪽으로 난 문이 자동으로 열리는 것이었다. 그런데 오늘 아침은 평소와 같지 않았다. 모든 문이 열린 채 닫히지 않는 게 아닌가. 그는 윗옷은 벗었지만 실은 밖에서 일어난 일체의 것을 입은 채 아사가야의 셋방으로 돌아온 것이다.

"여보 돈 가지고 왔어요? 오늘 아침에 K 씨가 미국에서 치즈가 들어왔다면서 가지고 오셨어요. 그리고 쌀 배급 때문에 그러는데 주머니에 40엔밖에 없어요."

기가키의 손은 하마터면 안쪽 주머니에 찔러둔 화장실의 비밀을 꺼낼 뻔했으나 당황하여 바지 주머니를 뒤졌다.

그는 묻지도 않았는데 교코에게 요코하마에 간 일, 티르피츠를 만난 사실 등을 이야기했다. 그녀는 기가키의 마음의 움직임이나 행동을 하나부터 열까지 그저 관찰만 하는 것이 아니라 적극적으로 알고 싶어 했다. 또 그가 가는 곳이라면 어디라도 함께 따라가고 싶어 했다. 이는 두 사람이 단순히 외지에서 백인들과 섞여 산 것은 물론 정식적인 법의 보호가 없다는 사실을 매사에 통감하게 하는 이 나라의 사회적 야박함에서 비롯된 것이리라. 하지만 그가 한마디 티르피츠라고 했을 때 그녀의 표정 변화는, 그가 두 사람이 서로 아는 사람과 우연히 만났다는 그 사실에 대한 놀라움 이상의 것을 말하고 있었다. 지난밤부터 오늘 아침까지 벌어진 일을 모두 이야기하고 나자 그녀는 말없이 일어나 한 통의 외국 항공 우편을 가지고 왔다.

"어제 오후에 온 거예요."

기가키가 보기에 그녀의 표정은 경직되어 있었지만 실은 그 밑바닥에 다음과 같은 두 표정을 준비하고 있었다.

"……어때요? 누가 뭐라든 여기까지 이르렀어요. 실은 아무도 모르게 일을 꾸미고 있었어요."

"……마음에 안 들어요? 그렇담 우리 앞으로 어떻게 해야 하는 거죠?"

발신지는 아르헨티나 부에노스아이레스였다. 발신자는 로버트 짐머만Robert Zimmermann이라 되어 있었다.

"짐머만이라는 사람은 티르피츠의 친척이에요……"

교코의 목소리는 후반부에 두려움이 묻어났다. 기가키는 우뚝 서서 꼼짝 못하고 있었다.

　대강 문장의 의미는 다음과 같은 것이었다. "위험지역인 일본을 벗어나고 싶어 하는 마음은 충분히 이해했다. 여기에도 전후 유럽 각지에서 특히 이탈리아에서 30만이나 되는 이민이 있었는데 역시 생활난으로 10퍼센트는 다시 고국으로 돌아갔다. 사정이 이렇다 보니, (여비는 여기에 온 뒤에 반환할 테니 현지에서 달러를 마련해 달라)는 제의는 당장 들어주기 힘든 상황이다. 신원 보장 및 입국허가만큼은 확실하게 준비해주겠다. 카지노에서 돈을 딴다면 몰라도……여비와 당분간의 생활비는 그쪽에서 변통해 오기 바란다.

　"이 사람에게, 그러니까 이 사람이 부에노스에서 전후 유럽을 돌아 동양을 경유한 뒤 미국으로 갔을 때 상하이에서 만난 적이 있어요. 여비는 대략 일 인당 오백 달러고 어린이는 만 4세까지 무료에요……"

　일 인당 오백 달러, 두 사람이니까 천 달러, 나머지 삼백 달러…… 당분간의 생활비.

　"티르피츠를 만나고 있었던 거군. 아주 오래전부터 만난 거야? 이 사람에게 알선을 했을 테고? 노인은 당신에 대해서는 아무런 말도 하지 않던데."

　"당신에게 말하면 분명히 잘 안 될 것이라 생각했기 때문에 그냥 가만히 있었던 거예요. 당신은 구체적인 결정을 내려야 할 단계에 이르면 반드시 갈등을 일으키는 데다 그것도 스스로 일을 그렇게 몰고

가잖아요.”

“그래서 노인에게 돈을……부탁한 거야?”

“아니오, 천만에요. 어차피 섬뜩한 돈임에 틀림없을 테니까요. 나는 더 이상 국제……문제는 사절이에요. 그렇기 때문에야말로 남미로 도피하고 싶은 거예요. 앞으로는 분명히 이 사람은 미국파 저 사람은 어디 어디 파로 춘추전국시대가 될 거예요. 그리고 결국, 독일처럼 협공을 당해 왕래를 해야 하는 상황이 벌어지게 된다면 아이가, 아이가, 여보……생각만 해도 끔찍해요.”

그렇다면 티르피츠가 교코의 뜻을 참작하여 혹은 짐머만이 달러의 환전을 거절한 사실을 알았거나 혹은 헤아려, 기가키가 좋아할 만한 유럽론, 동란론, 인간론을 펼치게 한 뒤 그 틈에 슬그머니 돈을 쑤셔 넣었다는 말인가?

탈출은 두 사람의 생활에 암묵적 조건과 같은 것이었다. 그것은 전쟁 위험 지대에서의 도망인 동시에 생활 그 자체로부터의 도망이기도 했다. 지금과 같은 세상에서 어떤 형태로든 전쟁의 위험에 연루되지 않고 그로부터 도망을 꾀하는 것은 생활 자체로부터 도망치는 것이나 마찬가지다. 생활에서 도망치고 싶다는 꿈은 기가키와 교코의 생활의 초석이나 다름없는 중요성을 띠고 있었던 것이다. 왜냐하면 농부의 생활에서 대지가 밀착하고 있는 것처럼 이 두 사람의 생활에서 외국이란 밀착된 어떤 것이었다. 그리고 교코는 그 외국의 위험에 두 사람이 관여해 가는 것을 두려워하고 있었다. 모든 위험, 공포는 외국에서 온다는 동양인의 꼬리뼈를 닮은 사고가 그들에게도 완강하게 들러붙어 있는 것인지도 모른다. 그러나 이 꿈을 꺾는다면 교코는 점점 시들어가지 않을까. 그리고 교코가 고의로 간과하고 있는 것인지도 모르지만 가령 바다 저편이 입국을 허가하더라도 가짜 부부의 이름을 여권에 써 넣어줄 정도로 일본 외무성이 호락호락하지 않을 터다.

교코는 마당에서 모래를 갖고 노는 어린아이의 등을 물끄러미 바라보면서 목소리를 낮추고,

"티르피츠 씨, 뭐 하고 있는지 알아요?"

"꽃집을 한다고는 했어."

"꽃집이요, 말도 안 돼, 그런 걸 하고 있는 지는 모르겠지만 실제로는 파나마 선박회사의 에이전트를 하고 있는 모양이에요. 파나마는 뭐든지, 1925년에 어떤 법률이 만들어졌는데 그에 따르면 외국 국적의 선박을 세계 각지에 있는 파나마 영사관에 약간의 수수료를 지급하는 것만으로 파나마 국적으로 바꿀 수 있나 봐요. 그러니까 전쟁이 가까워지면 세계 곳곳의 악질 선주들이 곧바로 선적을 파나마로 바꿈으로써 전략물자나 거래금지제품을 적국 또는 준적국에 팔아서 막대한 돈을 벌어들인다고 들었어요. 티르피츠가 에이전트를 하고 있는 회사에는 자기명의의 선박이라고는 단 한 척도 없대요. 그런 식으로 철이니 대나무니 하는 장막을 장사에 활용하고 있는 것 같아요. 그 때문에 눈총을 받고 있는 거고요……"

"으음, 그래······. 그럼 남작은 코뮤니스트인가? 자기 입으로 아들 모두가 그리되었다고 했거든."

"그런지, 그렇지 않은지······. 유대인은 아니고 그렇다고 돈벌이에만 급급한 사람 같지도 않고요. 하지만 세상이 이렇게 돌아가잖아요, 뭐든 있을 수 있어요, anything happens!"

장궈쇼우가 말한 합리적, 군사재판 운운한 대목이 이로써 확실해졌고 그 카바레의 어수선한 내부와 속절없이 애처로운 스트립 쇼를 압도하며 오랑우탄처럼 긴 손을 축 늘어뜨리고 걸어가던 티르피츠의 모습이 눈에 떠올랐다. 기가키는 티르피츠가 움푹 패여 맹금류처럼 보이는 눈으로 자신을 뚫어지게 쳐다본 것 같은 느낌이 들었다.

천삼백 달러, 열세 장의 종이 쪼가리는 교코와 함께 아르헨티나로 도피할 수 있게 해 줄지도 모른다. 또 쿄코와 마당에서 놀고 있는 아이를 호적에 올리는 일도 가능하게 해 줄 것이다.

"당신······혼자서라도 갈 거야?······아무래도 일본을······"

교코는 전부터 이 물음을 두려워하고 있었다. 그러나 이미 질문을 받은 이상은 방법이 없다는 식으로 체념한 듯 고개를 숙이고 어깨로 큰 숨을 내쉬었다.

"혼자라면······나는 역시 양코쟁이가 아니라서 말라비틀어져 죽을지도 몰라요."

그렇게 말하고는 급하게 얼굴을 돌리고는 벌떡 일어나 나가더니 마당에 있는 아이 쪽으로 쏜살같이 내려갔다.

방에 혼자 남은 기가키가 발로 디디고 있던 신문에는,

〈전면강화는 기대난망, 군사기지 반대는 이상론〉이라는 4단 기사의 표제가 나와 있었다.

　기가키는 자신이 전면강화를 선택하여 파란을 일으키지 않고 합의를 봐야 할 것이 도대체 몇 개인가 하고 그의 현 상황에서의 원인들을 손꼽아 세듯이 땀이 밴 손가락을 구부렸다 폈다를 반복했다. 그리고 깊이 숨을 들이마심과 동시에 누가 되었든 그를 둘러싸고 선택을 강요하는 모두와 전면적으로 의논하여, 완전한 독립을 유지해 가는 것이 얼마나 어려운지를 깨달았다. 어느 것이나 하나를 선택하여 그 상대와 대립하는 것이 손쉬운 것이다.

　그는 미친 사람처럼 크게 동공을 열었다. 전, 면, 강, 화라는 이상하게 큰 네 글자를 응시한 채 주머니에서 성냥을 꺼내어 하나씩 불을 붙였다. 시선을 활자에서 성냥의 작은 불꽃으로 옮겼을 때 그는 3년 전 겨울 S사에 있었을 당시의 일을 떠올렸다. 그것은 추방자본 등의 일로 S사가 동요하고 있었을 때고 또 그 밤은 일본에서 처음으로 총파업이 결정되느냐 마느냐 하는 긴박한 때로 편집국의 거의 대부분이 남아서 정보를 기다리고 있었다. 총파업은 금지되었다. 그 소식이 들어왔을 때 난로에 종이 뭉텅이를 던져 넣어 몸을 녹이고 이미 막소주에 취해 있던 청년 하나가 일어나 시 낭독 같은 것을 하기 시작했다. 성냥 불꽃의 색에서 그는 난로의 불꽃을 떠올린 것이다. 그 시는 동북지방의 유명한 시인 미야자와 겐지宮沢賢治의 시〈비에도 지지

않고雨ニモマケズ〉를 비튼 것이라 외우기 쉬웠다.

> 비에 미끄러지고
>
> 바람에 나자빠지고
>
> 여기서도 흥
>
> 저기서도 흥
>
> 날름날름이 이렇게 말하면 네라 하고
>
> 널름널름이 그렇게 말해도 네라 하며
>
> 여기서 얼쩡얼쩡
>
> 저기서 우와좌왕
>
> 그러다 진퇴양난에 빠지고
>
> 궁지에 몰린 쥐, 고양이를 잡아먹을 기세로 덤벼들다
>
> 수염 하나 건들지 못하고 나자빠지다니
>
> 나는 그런 사람이 될 것 같다
>
> 그런 꼴을 일본이 당할 것 같다
>
> . . . .

취해서 시를 읊은 청년은 어쩐 일인지 나중에 가톨릭 신자가 되었다. 성냥개비는 점점 짧아져 손가락 끝이 뜨거워지기 시작했다. 그대로 2초, 3초 뇌 속이 찡하고 뜨거워졌으나 기가키는 그렇게 하는 것이 신뢰를 얻는 데 필요하다는 듯이 눈을 부릅뜬 채 화기를 견뎠다. 불이 꺼지고 손가락 끝이 어슴푸레 하얗게 변하고 덴 부분의 지문이 부푼 듯이 보였다. 그는 다시 성냥개비 하나를 그었다. 무방비 상태

에 가까웠다. 성냥 끝의 인이 지금까지와는 다르게 큰 폭발을 일으켰다. 발밑의 신문지를 들어 불을 옮긴 후 재가 없는 화로로 던져 넣었다. 또 다른 신문지 두 장에 불을 붙이고 반대쪽 손을 벗어 놓은 상의 안쪽 주머니로 넣어, 열세 장의 녹색 지폐를 끄집어내서는 검붉은 불길 속으로 던져 넣었다. 불길은 새로운 대상을 얻은 후 그것이 타는 것인지 아닌지를 살피듯 잠시 불길을 누그러뜨렸으나 순식간에 청녹색 불이 장방형 지폐의 가장자리를 핥기 시작했다. 마당으로 나가 쪼그리고 앉아 있던 쿄코가 문득 뒤를 돌아보더니 한 손을 높이 들고 뛰쳐 들어왔다. 그리고 배에 총알을 맞은 듯 화로 옆에 몸을 웅크리고 앉았다.

그녀는 잠시 청록색 불길을 뚫어지게 바라보다가 이내 부들부들 떠는 손을 물이라도 뜨듯이 양 손바닥을 위로 하고 천천히 불 속으로 내뻗었다. 별안간 기가키도 쪼그리고 앉아 불 속으로 손을 집어넣어 타고 있는 지폐를 잡아 다다미 위로 던졌다. 하지만 불을 끄려고는 하지 않았다. 일순간 다다미 위로 옮겨진 불을 멍하니 바라보고 있던 교코는 무슨 생각을 했는지 타다만 것을 다시금 화로 속으로 되돌려 놓았다.

그것이 다 타버렸다고 해도 화상을 입은 정도만으로 사태는 어느 것 하나 바뀌지 않을 것이다. 그러나 연기로 숨이 막히고 손바닥이 쑤시는 열을 느끼면서도 기가키는 가슴 한가득 숨을 들이켰다. 숨을 내뱉을 때 소리가 났다. 또 들이켜고 눈을 더 크게 부릅떴다. 아무것도 보이지 않았다.

이상한 냄새가 났다. 머리카락이 타는 냄새도 아니고 기묘하게 니스칠 냄새가 났다. 교코가 다시 불에 손을 내밀고 있었다. 기가키는 교코의 팔을 세게 잡아당겼다. 돌 조각상이라도 내팽개친 것처럼 다다미에 털썩 나뒹굴었다.

그날 밤 열 시 반 넘어, 기가키와 교코는 화상의 통증을 참으며 사랑을 나눈 뒤, 교코는 졸린 건지 절망한 건지 알 수 없는 표정으로 천정을 바라보고 있었고 기가키는 교코에게서 물러나 뒤처리를 마침과 동시에 작은 글씨로 채워진 책을 손에 들었다. 어디까지 읽었는지 접어 둔 페이지를 찾고 있을 때 바로 머리맡의, 골목으로 난 유리창을 똑똑 두드리는 소리가 났다.

"기가키 씨, 안 자고 계시나요, 접니다, 미쿠니하고 다치카왑니다."

이런 밤중에 미쿠니가 게다가 다치카와까지 데리고 오다니 무슨 용건이 있다는 말인가. 그는 아침에 마루빌딩 앞에서 나눈 대화를 떠올렸다.

"기가키 씨, 큰일 났습니다. 상당한 쿠데탑니다. 마침내 올 것이 왔습니다."

쿠데타……! 기가키는 책을 내던지고 벌떡 일어났다. 창문의 빗장걸이가 고장 나서 열쇠 밑동을 끈으로 동여매 놓았는데 좀처럼 풀리지 않았다. 교코가 일어나 기가키를 대신하여 뒤엉킨 끈을 풀기 시작했다. 초조하면서도 짜증나는 그 순간 기가키는 지하에 숨은 공산당

간부의 얼굴을 떠올리면서 바로 지금 일본에서 돌발한 쿠데타는 지난 전쟁에 이어 자신에게 어떤 운명을 초래할 것인가를 무심결에 생각하면서, 주위에 방금 나눈 사랑의 흔적은 없는지 둘러보았다. 흔적은 아무것도 없었으나 비좁은 방 안 공기는 무더위에 더해 퀴퀴한 냄새를 침전시키고 있었다.

창문이 열렸다. 시원한 공기가 빠르게 흘러들어왔고 창틀 속으로 불콰한 얼굴을 한 두 청년이 서 있었다. 술기운이 감돌고 있었다.

"쿠데타라고?"

"그렇습니다, 깨끗이 당했습니다."

"뭐라고, 당했다고?"

미쿠니는 차분한 목소리로 그렇게 말하고 손으로 목을 베는 시늉을 했다.

"기세 좋게 추방당했습니다."

다음으로 다치카와가 말을 보탰다.

"추방? 쿠데타라더니 자네들이 쿠데타를 일으킨 게 아니었어?"

다치카와의 얼굴이 급한 복통이라도 일어난 듯이 울적하게 일그러졌다.

둘을 방으로 들어오게 하자, "아니 기가키 씨도 아내 분도 손에 붕대를 감고 대체 무슨 일이 있었던 겁니까?" 라고 묻는 것을 대충 얼버무린 후에 아이가 잠에서 깨지 않도록 낮은 목소리로 이야기하는 것을 귀 기울여 들어보니, 1950년 7월 보도 관계를 시발로 일본의 전 산업에 미친 레드 퍼지red purge가 그날 오후 발동된 것이었다. 물론 미쿠니와 다치카와도 당했다. 두 사람을 포함하여 노동조합은 헌법 제14조, 동19조, 동21조, 노동기준법 제3조, 노동조합법 제7조 등을 방패 삼아 일단 거부했다. 그러나 상대는 당황하면서도 초헌법적 조치라 했다고 한다. 어쨌든 중앙노동위원회에 제소하기로 결정하여 미쿠니는 외신, 동아, 섭외 등 각부, 다치카와는 인쇄국 동료들과의 송별회를 마치고 지금 기가키 집 근처에 사는 이 또한 앞의 적색분자 추방령을 받은 K 씨를 찾아갈 심산으로 왔는데, 잠깐 들른 것이라 했다.

"그게 당원만 해당되는 게 아니에요, 동조자까지 포함되어 있습니다. 당원도 뭣도 아닌 노동기자 클럽에 드나든 사람이나 조합의 적극적인 간부 등을 포함하여 본사에서만 38명이 잘렸습니다."

다치가와가 책상다리를 하고 흥분한 데 반해 미쿠니는 똑바로 앉아 어린 아이의 자는 얼굴을 바라보고 있다가,

"동조자란 게 누굴 말하는 거야?"

라며 기가키가 묻자, 조용하게,

"영어로 fellow traveler라는 뜻입니다"

동조자, 아주 최근에 이 말을 기가키는 분명히 들은 기억이 났다. 하지만 누가 말한 것인지는 생각나지 않았다.

"흐음, 가령 일본을 하나의 배라고 한다면 fellow traveler란 동선자同船者라든가 동승자라든가 요컨대 동행인이라는 의미잖아."

"그렇습니다, 그래서 우리와 그 펠로우니 뭐니 하는 이는 동선자가 아니라는 말입니다. 기가키 씨 같은 사람도 만약에 쭉 정식 사원이었다면 분명히 그 펠로운가 뭔가로 몰렸을 겁니다."

다치카와는 흰 이빨을 드러내놓고 말했다. 볼에 긴장된 근육이 때때로 경련을 일으켜 어딘지 모르게 소박한 잔인함 같은 것이 어른거렸다.

복도로 나가 파자마를 무명 홑옷인 유카타浴衣로 갈아입은 교코가 다시 들어와 가방을 겸한 대형 핸드백에서 외제인 듯한 위스키를 꺼내고 컵으로 찻잔 두 개, 거기에 K 씨가 아침에 가지고 왔다는 치즈 등을 내놓았다. 위스키는 순수 영국제 블랙앤화이트였다. 어디에서 이런 것을 가져온 것일까, 기가키는 슬그머니 교코의 얼굴을 올려다보았다. 그녀는 오늘 아침 천삼백 달러의 지폐가 타버린 후 벌떡 일어나 밖으로 나간 뒤 방금 전 9시가 넘어서야 집으로 돌아왔다. 그녀는 필시 티르피츠 남작을 만나러 간 것이다.

위스키를 홀짝거리면서부터 미쿠니는 입을 꽉 다물어 버렸고 다치카와는 끊임없이 떠들어댔다. 경영자는 실로 여러 가지 사소한 것을 떠벌렸다고 한다. 초헌법적 법 규범에 따른 것이라 했다가, 현재는 초헌법적 상태라 주장하려는 것인가 싶으면, 기업을 방어하기 위해서다, 또 헌법 그 자체를 방어하기 위한 조치다 라고 말하기도 했다는 것이다.

"그런데 미쿠니, 송별회에서는……"

얼굴을 숙이고 뭔가 생각하고 있던 미쿠니를 최소한 격려해주고 싶은 마음이 들어 말을 건 것인데 거기까지 말하고 그는 정신이 들었다. "그 자리에 하라구치도 있었나?"

"아니오, 없었습니다. 분위기가 음울하여 초상집 같았어요. 마치 우리가 죽기라도 한 것 같이 말이죠. 하핫⋯⋯. 사용社用은 사용이라며 나타나지 않았습니다. 도이가 뭔 생각을 했는지 눈물을 흘리기도 했고요."

"그랬군⋯⋯."

기가키는 동조자라 말한 이가 하라구치였다는 사실을 떠올렸다. 그리고 자신은 지금 그 말을 한 사람이 하라구치였다는 사실을 아주 침착하게 응시하고 있는 것이다. 출발은 여기서부터. 사물을 본다는 것, 단지 보기만 하는 것조차 실은 만만한 일이 아니다.

"우리 인쇄 쪽 송별회에는 터무니없는 자식이 튀어나왔어요. 동료, 요컨대 추방조에서 말입니다. 잘렸다는 이유로 비분강개하여 취한 나머지 고래고래 군함 행진곡을 불러 댄 놈이 있었던 거죠, 군함행진곡이라니. 물론 '어디서 헛다리 짚고 난리냐' 라며 금방 제지당하기는 했습니다만."

미쿠니는 얼굴을 들어 다치카와에게 흥분하지 말라는 투로 눈짓을 한 후에 말문을 열었다.

"일본은 여태까지도 바닥이 흔들리고 있었지만 이 여름, 특히 조선의 전쟁을 계기로 훨씬 더 기울어질 겁니다."

그런가, 그것을 생각하고 있었던 것인가 라며 기가키는 미쿠니의 얼굴을 봤다. 그의 입장에서 말하자면 조선의 전쟁은 분명히 해방전쟁에 해당할 것이다. 그 해방전의 영향 중 하나가 여기에 있다, 기가키는 의심의 여지를 남겨두면서도 미쿠니의 말을 그렇게 해석해 보았다. 그리고 그에 대해서 서로 이야기해보고 싶었다. 그런데 미쿠니의 말은 다치카와의 흥분에 오히려 기름을 끼얹는 결과를 낳았다.

"이 땅의 불균형을 막아야 합니다. 열심히 해야죠, 이대로 넘어가서 전면강화가 이루어지지 않으면 결혼식도 올리지 않고 동거하는 거나 마찬가지죠, 아시아에서 떳떳하지 못한 나라가 되는 겁니다. 어떤 불완전한 사생아가 태어날지 누가 알겠습니까. 제 말이 틀렸습니까, 사모님……"

젊은 다치카와는 확실히 취해 있었다. 점점 목소리가 높아지자 아이가 잠에서 깨어 울어대기 시작했다. 그것을 기회로 두 사람이 일어나 교코에게 늦은 시간 방해해서 죄송하다며 정중하게 사과했다.

"저 젊은 분 이름이 다치카와 씨에요?"

"응 맞아."

기가키는 위스키병을 집어 들어 라벨을 찬찬히 들여다보고 있었다. 이상하게 머리가 맑아졌다.

"저분 말에 따르면 우리랑……조금 닮은 것 같아요."

사람은 힘들 때 얼마간의 웃을 거리를 찾거나 또는 자신을 정당화하기 위해 무엇을 미끼로 쓸지 알 수 없는 일이다. 교코는 그렇게 말하고 눈꼬리로 살짝 웃는가 싶더니 기가키가 병의 라벨을 정성껏 살

피고 있는 것을 알고 금세 웃음기를 지워 버렸다.

"뭐가 닮았다는 거지? 다치카와가 뭔 말을 했었지."

교코는 그 말에는 대답하지 않고 다른 말 즉, 요컨대 오늘 아침 외출한 뒤에 있었던 일을 이야기했다.

"저 오늘 아침 그것 다 태워 버리고……너무 힘들어서 얼떨결에 티르피츠 남작을 만나러 갔어요."

"만났어?"

"네, 긴자에 있는 독일인 레스토랑에서."

"그 돈과 관련해서?"

"그래요"

라고 말하고 그녀는 손을 이마로 가져가 천천히 얼굴을 쓸어내렸다.

"당신이 태워 버렸다고 하자 이런 식으로 얼굴 피부색이 바뀔 정도로 무섭게 힘을 들여 이마에서 턱까지 쓸어내리고 말했어요. 유럽인에게는 주운 돈이든 뭐든 태우거나 하지는 않는다, 왜냐하면 유럽인에게는 '그 이전'(그녀는 이 말에 특히 힘을 주었다)의 문제가 명명백백하기 때문에 그 돈으로 무엇을 할 것인지 요컨대 신고할 것인지 사용할 것인지 만이 문제다. 그런데 당신들은 그 이전에 여러 종류의 분노와 불만이 뒤섞여 콤플렉스로 작용하고 있다는 등의 그런 말들을 띄엄띄엄 쏟아냈어요."

"…………"

"그리고 이런 말도 했어요, 다른 사람 모두가 불안해할 때 안심하고 살아가는 자들이 귀족이라는 존재인데 그들의 행동이라는 것은 많든 적든 매춘행위를 닮아있다고 말이에요, 하지만 매춘도 현실의 하나이니, 개의치 않는다면, 아르헨티나는 뱃삯이 너무 많이 드니까 (이렇게 말하고 얼굴 근육을 한꺼번에 움직이며 씩 웃었어요), 그러므로 파나마 크리스토발Cristóbal로 가는 건 어떻겠냐고 묻더라구요."

"크리스토발."

"운하지대에 있는 항구인 모양이에요, 거기에 노인이 에이전트를 담당하는 회사가 있는 것 같아요."

"거기에 가서 일본 국적의 배가 전략물자를 여기저기로 운반하는 트러블 메이커의 조수가 돼라?"

"꼭 그런 건 아니겠지만……그래서, 좀 생각을 한 뒤에 아니 생각하고 말 것도 없이, 남작! 아무리 매춘을 한다고 해도 안전이네 안정이네 하는 것들은 어디에도 없는 것 아니에요. 당신이 그 증거인 것 같은데요 라고 아무렇지 않게 말했더니, 여기서 헤어집시다 다복하시기를 빕니다 라며 다가와서 정중하게 붕대 위에다 키스를 했어요. 키스는 손이라 상관없지만 다복을 빈다는 말투는 어쩐지 그 속을 알수가 없어서 소름이 끼치더라구요. 그리고 이 위스키를 받아와서는 당신에게 보내게 한 거예요. 곧 홍콩으로 간다고 했고요."

기가키는 교코를 위로하고 싶었지만 어쩐 일인지 지금 이야기 상대가 되고 싶은 마음이 하나도 들지 않았다. 대화는 끝났다. 기가키는 미쿠니와 다치카와가 오기 전에 나눈 성행위를 떠올렸다. 골똘히 생각하고 지칠대로 지친 그녀는 밤이 되어서야 돌아온 후에도 한마디 말도 하지 않았던 터였다. 그와 교코는 실로 여러 가지를 그 성性의 어둠 속으로 쑤셔 넣고 가라앉혔다. 인간이 얼마나 많은 희망과 절망을 성 속에 쑤셔 넣고 살아가는가를 보라. 게다가 다름 아닌 거기에서 인간이 태어난다. 그는 신문사로 출근한 이래의 일들을 이것저것 회상하며, 고개를 돌려 가볍게 코를 고는 아이를 바라보았다. 다치카와는 '어떤 사생아가 태어날지' 라고 했다. 이 아이는 그와 교코가 살아오면서 이 세계와 접한 그 일체를 눌러 가라앉힌 정곡에서 태어난 것이다.

"지금도 사생아라는 게 있을까요."

"법률상으로는 없는 것으로 되어 있지."

"법률상으로는, 이라구요?"

그녀 역시 어떤 방향에서인지는 모르지만 똑같은 것을 생각하고 있었다.

"다치카와와 정반대의 입장에서 말하면 단독강화도 강화는 강화라는 의미야. 법률상이라는 말은."

"그래요……"

밖에서 취객이 노래를 부르며 지나갔다. 자기 억압과 자기 좌절에 무너진 마음을 노래하는 단조 유행가는 사람 마음의 엷고 연약한 주름에 찰싹 달라붙었다. 저 절망적인 단조가 앞으로도 여전히 민중 속에서 발상되기 위해서는 국제정세라는 비 생활적인 악기류가 필요한 것이다.

"저 먼저 자요……"

교코는 이내 아이 곁에 몸을 눕히더니 눈썹 사이에 깊은 주름살 두 줄을 잡은 채 숨소리를 내기 시작했다.

모든 것이 흔들리고 무엇 하나 해결되지 않았다. 그런 느낌이 들었다. 그 동요가 눈에 보였다. 눈에 보인 것은 표현해야 한다. 그것이 나 자신을 해결할 실마리인 것이다. 그에게는 그가 앞으로 쓰고자 하는 것의 전체가 보이고 있었다.

먼 데서 아득하게 비행기의 굉음이 들렸고 깜짝할 사이에 그 소리가 커지는가 싶더니 아이가 잠자리에서 흠칫 몸을 뒤척였다. 창문에서 올려다보니 빨갛고 파란 불빛이 기하학적인 점 같은 별들 밑을 직진하여 동쪽인 듯한 방향으로 날아갔다. 저 비행기에 뉴욕으로 떠나는 장궈쇼우가 타고 있을지 모른다. 혹은 하노이로 가는 하워드 헌트가 타고 있을까. 아니면 그 노인이 등을 기대고 두 눈을 부릅뜬 채 말뚝잠을 자고 있을지도…….

맞은편 집에서 시계가 2시를 알리는 종을 쳤다. 발소리가 나면서 미쿠니와 다치카와의 얼굴이 가로등 불빛에 비쳐 드러났다. 둘 다 눈이 움푹 패이고 어둡게 긴장된 얼굴을 하고 있었다.

"안녕히 주무세요……"

미쿠니가 그렇게 말했다.

"전차가 없을 텐데……"

"아닙니다. 이야기하면서 걸어갈 겁니다……"

다치카와가 대답했다. 이야기하면서……, 그렇지, 누구에게나 하고 싶은 말이 너무도 많다. 두 사람의 발걸음 소리가 사라졌을 때 기가키는 머리를 훌훌 흔들고 다시 하늘을 쳐다보았다. 어두웠다. 빛은 크렘린 광장이나 워싱턴 광장 같은 곳에만 공허할 정도로 휘황찬란하게 빛나고 있는 게 아닌가 하는 생각이 들었다. 그리고 그는 거기에 노출되어 있는 자신을 느꼈다. 난생처음으로 그는 기도했다. 렌즈의 초점을 맞추는 듯한 심정으로 우선 썼다.

　광장의 고독

이라고.

매국노

漢奸

점령은 곧 끝날 것이다. 그 뒤에 올 것은 가혹한 숙청일 텐데……히키다^{疋田}는, 이 남자는 대체 어떤 이유로 이렇게 쾌활한 것인가? 의아해하면서 앙드레^{安德雷}라는 프랑스풍의 필명으로 알려져 있는 시인 기자를 쳐다보았다. 입을 열 때마다 눈구멍에서 튀어나온 의안 같은 눈알이 뱅글뱅글 돌고, 널따란 이마를 밑변 삼아 광대뼈에서 턱에 걸쳐 급격하게 오므라든 역삼각형 얼굴에는 불균형한 콜맨 수염이 마치 별개의 생물처럼 한 쪽씩 따로따로 움직이고 있었다.

이 시인 기자는 근무처인 대화보^{大華報}가 8월 11일 도쿄 단파 라디오와 모스크바 라디오가 방송한 일본항복 뉴스를 군 검열을 뚫고 막 찍어낸 호외를 손에 들고 흔들면서 그 자리로 뛰어 들어왔다.

모여 있던 여섯 명의 일본인들은 긴급 처리사항을 상의하고 서로 정보를 교환해야 할 참이었지만 이렇다 할 구체적인 말을 꺼내는 이는 아무도 없었다. 급변하는 사태를 앞두고 모두가 암묵적으로 자신을 보신할 방법을 강구하고 있음을 한눈에 알 수 있었다. 보신이라고는 하지만 일체에 우선하는 돈을 우선 어디서 끌어낼 수 있을까, 비빌 언덕이라고는 전혀 없는 히키다는 멍하니 천정을 바라보다, 지난번 모임에서 대사관 특별조사반 소속이라며 거들먹거리던 요시야吉屋가,

"일본의 혁신 세력과 중국의 혁신 세력이 손을 잡지 않는 한 동아시아 사태의 갱신은 요원하다"

며 열변을 토하던 일을 떠올리고 있었다.

이 모임은 명칭도 그 어떠한 것도 없이 의기투합한 몇 명이 정기적으로 만나는 형태였다. 그리고 그 예정되어 있던 날이 정확히 8월 11일이었던 것이다. 모두들 기세등등하게 모이긴 했는데 막상 시작하고 보니 할 말이 없었다.

"그러나 뭐니 뭐니 해도 희생자를 줄여야 합니다. 중국인으로 요직에 있었던 사람에게는 될 수 있는 대로 돈을 주고 가능하다면 일본으로라도 보낼 작전을 짜야 합니다……"

라며 한 사람이 숨 막힐 듯한 분위기를 깨고 입을 열었다. 그 목소리에는 돈은 그렇다 치더라도 과연 희생자 없이 넘길 수 있을 것인가에 대해 자신이 있어 보이지 않았다.

"아니 일본인은 몰라도 중국인들은 이렇듯 세상이 뒤집히는 일에 익숙해져 있을 테고 그에 대한 준비도 거의 마쳤을 거야. 그쪽 사람들이 훨씬 발 빠르게 처신할 거라고 봐. 이쪽에서 섣부르게 보살피려 들거나 손을 내밀거나 하면 오히려 좋지 않은 결과를 낳을지도 몰라"

라며 똑똑한 척 자기주장을 펼치는 사람까지 있었다.

그때 계단을 두세 개씩 뛰어오르는 듯한 구두 소리가 들려왔다. 넓지 않은 방에 여섯 명이나 되는 사내가 있는데도 방안은 뭔가 중요한 것이 빠진 허전함으로 인해 구두 소리는 천정에 울려 퍼졌다.

문이 열리고 눈을 부라린 채 팔자수염 한쪽을 끌어올려 직각에 가까울 정도로 입을 크게 벌린 앙드레가 뛰어 들어온 것이다. 체조라도 하듯이 양손을 벌렸다 오므리던 앙드레가 방안의 침묵을 깼다.

"평화입니다. 평화! 평화, 평화!"

정면으로 앙드레의 얼굴을 본 사람은 히키다 한 사람 뿐이었다. 기세 좋게 뛰어 들어온 앙드레는 동석한 일본인들의 어둡고 뿌르퉁한 얼굴을 마주하자 맥이 빠졌는지 히키다 바로 앞으로 와서 살짝 무릎을 구부리고는 무거운 것이라도 들어올리듯 양손으로 호외를 넓은 이마 근처까지 들어올리고는 다시 한 번,

"여러분, 평화입니다, 평화입니다!"

라고 말하고 모두를 둘러보았다.

잠시 후에 히키다는 앙드레가 몸 전체로 표현한 이 허장성세가 무엇을 의미하는지 이해했다. 어쩌면 그에게 모스크바와 도쿄의 방송은 패전이 아닌 평화를 그것도 완전한 평화를 의미한 것이다.

"여러분, 평화입니다. 저는 시를 쓸 겁니다. 제 회사, 대화보, 호외, 가장……빠릅니다……"

'가장……빠릅니다……' 그러나 말은 뒤쪽으로 갈수록 나사 풀린

축음기처럼 기세를 잃어갔다. 모스크바방송, 그것은 나란히 앉아 있는 일본인에게 평화를 의미하는 것이 아니었고 또 일본군 관리하의 신문사에 근무하고 있는 앙드레 자신에게도 평화를 의미하는 바가 아닌 점을 그는 이해한 것 같았다. 그는 여기에 있는 일본 문화인들이 반전파였으리라 생각하고 있었던 것일까. 그리고 그 자신도 진심으로 해방된 것으로 생각한 것일까. 아니 어쩌면 그는 막 찍어낸 첫 번째 호외를 손에 넣자마자 차를 몰고 평소 중국인 친구들보다 친하게 지내는 일본 문화인들이 있는 곳으로 달려왔거나 혹은 달려와 본 것에 지나지 않는 것 아닐까. 앙드레는 모처럼 가지고 온 호외에 아무도 흥미를 보이지 않는 것 같아 당장이라도 꾸깃꾸깃 구겨 던져버릴 것 같았다. 호외의 머리글은 다음과 같은 것이었다.

"도쿄방송에 따르면 일본의 천황 폐하께서는 세계 평화를 간절히 원하신다……"

앙드레는 점점 크게 눈을 부라리고 히키다의 어깨를 잡아 흔들어 대면서,

"평화입니다, 여러분, 전쟁, 끝났습니다. 오늘 밤, 모두, 마십시다, 저는 가난한 관계로"라고 말하고 그는 양 손바닥으로 물을 길어 올리는 시늉을 하더니 "이만큼의 술과 그리고" 한 손바닥을 다른 손 손가락으로 쥐어 보이며 "이만큼의 안주로 오늘 밤 제가 한턱 내겠습니다. 여러분 오시겠습니까!"

일본인 중 대답하는 이는 없었다.

"감사합니다, 그러나 오늘 밤은 안 되겠습니다. 내일도 모레도 약속이 있습니다. 화요일 정도라면 괜찮을지도 모릅니다. 이쪽에서 연락드리겠습니다."

히키다는 그렇게 말하고 일어섰다. 그가 일어서자 동석한 일본인들도 긴급 처리사항에 대한 상담 등은 제쳐놓고 모두 정돈되지 않은 표정으로 일어났다. 상공회의소의 K, 보도부 임시직 유미노弓野, 대륙신문문화부장 R, 중국문학 연구자이자 동방문화편역관編譯館에서 일본 서적 번역 업무를 관리하고 있던 오시마大島 등도 비틀거리며 일어났다. 히키다는 자신을 포함하여 그때까지 상하이의 가두를 점령자로서 각각 부엉이처럼 안경을 쓰고, 곱장다리에다 칠칠치 못하게 각반을 동여매고 걸어 다닌 일본인들이, 도쿄와 모스크바의 전파 한 방에 여태까지 피점령자였던 중국인보다 훨씬 낮은 곳을 기어다녀야 하는 운명에 어떤 기묘한 만족감을 가졌다.

만족감? 아니 만족감이라기에는 석연치 않다. 그는 상하이에 온 이래 거류 일본인의 표정 중에 이 상하이라는 도회지에 딱 맞아떨어져 결코 뗄 수 없는, 요컨대 둘이면서 하나인 표정을 찾으려 애써보았으나 그런 것을 찾았다고 생각한 적은 거의 없었다. 하나같이 정치나 전쟁의 파동에 여기까지 밀려온 자들로밖에 보이지 않았다. 그것이 지금, 그들을 싣고 있던 정치와 전쟁이라는 거대한 고래가 모스크바방송이라는 한 발의 작살을 맞고 점차 가라앉고 있는 중이다. 물론 거대한 고래 등에 타고 있던 사람들은 파도 사이로 내던져질 것이다.

여섯 명의 일본 문화인의 허리 근처에도 으스스한 파도가 철썩철썩 덤벼들고 있다.

발목을 잡힌 다음에야 상담이고 뭐고 될 리가 없지. 그런 마음이 들어 가장 먼저 문을 밀고 계단을 뛰어 내려왔더니 조금 전까지 있었던 방에서 한꺼번에 대량의 구린 물이 쫘 하고 흘러넘쳐 계단에서 거리로 쏟아져 나오는 것 같았다. 밖으로 한 걸음 내딛는 순간 작열하는 태양에서 방출된 광선이 번쩍이는 빛을 뿜으며 아스팔트 포장 도로를 뚫고 들어가 파헤쳐 진창처럼 녹이고 있었다. 히키다의 눈에는 아까 그 방에서 넘쳐 나온 물이 뜨거워진 아스팔트 위로 용솟음쳐 모락모락 증발하는 것처럼 보였다. 그리고 그것이 모두 증발하고 난 다음 시야가 확실해졌을 때 그는 자신이 무언가에 씻겨져 여러 응어리를 떼어내고 앞으로는 무슨 일이든 할 수 있는 자신감과 자유롭게 되었다는 느낌이 들었다. 다시 걸음을 옮겨 모퉁이를 돌았을 때 시야가 흐릿했던 것은 증기 같은 것이 아닌 자신의 눈에 눈물이 품어져 나온 것 때문이라는 것을 알았다.

북쓰촨로北四川路, 난징로南京路 등의 번화가는 어느 가게나 문을 닫고, 엘리베이터에 종종 붙어 있는 철격자로 쇼윈도를 보호하고 있었다. 드문드문 청천백일기青天白日旗가 보였다. 일제히 가게가 닫혀 있는데도 길거리에는 평소의 네다섯 배에 이르는 사람들이 우왕좌왕 걷고 있었다. 침착하지 않은 얼굴을 하고 있는 이는 일본인만이 아니었다. 방송 한 번의 정치적 전파는 어쩌면 이 시각 전 세계 사람들의 형상을 바꾸어 버린 것인지도 모른다.

자유가 되었다…고 히키다는 사람들 사이를 헤치며 걸어가다가 생각했다. 확실히 나는 지금 여태까지 없던 자유를 느낀다. 앙드레도 "평화입니다, 평화입니다, 전쟁, 끝났습니다!" 라고 했을 때, 어쩌면 그도 자유로움을 맛보고 있었을 것이다. 그러나 앞으로는 일본인인 히키다는 물론 그 협력자인 시인 앙드레에게 평화니 자유니 하는 소동은 없을 것이다. 사람들은 지금 단순히 하나의 정치가 그 압력을 풀고 다른 압력과 교체하는, 한순간의 진공지대에 내던져 있는 것에 지나지 않다.

어깨를 두드리는 이가 있었다. 히키다는 이렇게 많은 사람들 사이를 걷고 있는데 어깨를 두드리는 이, 요컨대 안면이 있는 사람이 있다고 해서 이상할 게 없다는 생각이 들었다. 그 순간은 무언가 인간에 대한 관심이 전혀 없는 것 같았다.

앙드레가 숨을 헐떡이며 변함없는 발걸음으로 인파 속을 걷고 있는 히키다 앞으로 나타났다. 돌출된 갈색 안구에는 당장이라도 폭민 暴民으로 돌변할 것 같은 군중이 일그러진 안경알에 비치듯 찍혀 있었다. 그것을 본 히키다는,

폭격!

폭격!

비눗방울이 터진다!

비눗방울에 비쳤다,

천지건곤天地乾坤이 한순간에

멸망한다!

그 뒤의,

허무의,

정결淨潔함이여!

앙드레가 쓴 시구를 떠올렸다.

"기—타 씨, 기—타 씨"

라며 앙드레는 히키다의 손을 잡았다. 그는 히키다라는 발음이 되지
않아 항상 기—타 씨 라고 불렀다. 표정에서는 조금 전 바보스러울 정
도로 노골적이었던 쾌활함은 지워진 듯 사라지고 주름살투성이에 38
세라고는 도저히 믿기지 않는 음울한 노인의 얼굴이 거기에 있었다.

"기—타 씨, 오늘 밤, 꼭 만나고 싶습니다. 해군육전대陸戰隊, 호외
건으로, 우리 신문사, 습격했습니다. 더 이상, 일본, 보호해주지 않아
요, 충칭重慶, 물론 엉망입니다. 저, 돈이 없습니다. 오늘 밤부터, 걱정
입니다……"

앙드레의 얼굴에도 히키다에게 돈 이야기를 해봐야 도리가 없다는
것쯤은 대충 알고 있는 게 드러나 보였다. 가늘게 만 시가가 보라색으
로 변한 입술 끝에 달라붙어 있었다. 땀방울이 넓은 이마에서 움푹 패
인 볼을 타고 흘러내려갔다. 그 패인 볼은 그가 지난밤에도 어쩌면 지
지난밤에도 거의 자지 않고 시를 썼을 것이라는 사실을 말해주고 있
었다. 딱 한 번 히키다는 앙드레가 아틀리에라 부르는 방에 가본 적이

있었다. 조계租界 시대 이래로 중국인, 특히 중국 하층민 거주지인 구 상하이성 내의 남시南市에서 그는 부인, 여섯 명의 아이들과 더불어 처 참할 정도로 가난하게 살고 있었다. 복생유창福生油廠이라는 기름집 3 층의 좁은 마루방 세 개를 빌려 살고 있었는데 그중 하나 창 없는 헛 간이 이른바 그의 아틀리에였다. 필라멘트가 빨갛게 달아오를 뿐인 오 촉 빛 정도의 전등을 켜면 사방의 벽에 드리워진, 초현실주의 선화 線畵를 흉내 낸 것 같은 그림이 이상한 효과를 자아냈다. 방에 들어서 자 평소 아무렇지 않게 대했던 그가 기괴한 어류나 어떤 생물체처럼 생기를 띠는 것이었다. 암실 한가운데에 커다란 널이 하나 놓여 있었 고 내부에는 더러운 이불이 깔려 있었다. 이 널, 요컨대 관구棺柩가 그 의 유일한 재산이자 그의 아틀리에이기도 했다. 그는 그 속에 누워 '자 동기술법Écriture automatique'이라 칭하는 꿈이나 환각을 의식이나 지성 의 간섭 너머에서 자동적으로 필기하는 시詩작법을 실행한다. 히키다 가 그것을 직접 목격했을 때 놀랐다거나 질렸다기보다 피부를 자극하 는 듯한 일종의 전율을 느끼지 않을 수 없었다. 이 고독한 아틀리에에 서의 작업과 광장의 정치적 사건들 사이에는 아무런 공통점도 존재하 지 않았다.

히키다는 정면으로 눈을 들여다보고 있는 앙드레의 시선을 견딜 수 없어 그의 팔을 잡고 걷기 시작했다.

"앙드레……긴 세월은 아니었지만 살갑게 대해줘서 고마워……"

그렇게 말을 건넸지만 다음 말로 이어지지 않고 히키다의 머릿속에는 이 시인에게서 들은 앙드레의 생애가 생생하게 그려졌다.

앙드레는 본명을 뭐라 할지 알지 못했는데, 상하이에서 태어나고 자라면서 일본어를 배우고 일본의 새로운 시에 빠졌다. 《시와 시론》, 《시·현실》, 《신영토》 등의 일본 전위시 잡지는 젊은 앙드레에게 성서와 같은 것이었다. 아폴리네르, 장 콕토, 막스 자코브 등 프랑스 초현실주의 시인의 이름이나 작품을 그는 이들 잡지나 일본어 번역본 시집을 통해 익혔다. 그것은 정확히 《전기戰旗》나 그 외의 일본어 번역본 좌익문헌이 당시 중국 청년들에게 질풍노도와 같은 영향을 준 셈이다. 그는 근대 서구문학에 관한 일체를 일본어 번역본을 통해 습득하고 자신의 작품은 중국의 백화白話로 썼다. 일본의 전위시인이라 불리는 이들 중 누구 하나 앙드레처럼 개명할 정도로까지 극단적인 경우는 없었을 테다. 그는 어떤 의미에서 일본의 시인들보다도 훨씬 아방가르드였는지도 모른다. 그리고 선진 일본의 시인들 대다수가 일제히 초현실주의는 퇴폐한 서구문명의 송장에 핀 꽃이므로 극복해야 할 것이라 하여 애국시, 민족시를 내세워 의고문이나 문어체를 사용하기 시작한 때에도 앙드레는 '관 속 자동기술법'을 통해 혼자서 일본을 경유하여 들어온 초현실주의의 보루를 지켰다. 히키다는 불행하게도 아폴리네르나 콕토를 프랑스어로 이해하는 사람 중 하나였다. 앙드레는 급격하게 히키다에게 접근해 왔다. 관 속에서의 고독한 작업에 그는 지기知己를 얻은 것이다. 상하이의 새로운 시인 동료들도 앙드레의 시가 너무나 별쭝맞은 탓에 받아들일 수 없었던 것이다.

불행하게도, 히키다는 앙드레가 끈적끈적한 냄새가 나는 시가를 연달아 피워대면서 "콕토는, 아라공은, 엘뤼아르는, 브르통은……" 이라며 닥치는 대로 사람들 이름을 열거하고는 언제나 '이만큼의 술과 이만큼의 안주로' 라고 말하는 것을 듣고 있노라면 항상 가슴이 억눌리는 듯한 느낌이 들었다. 히키다는 일본의 전쟁목적을 믿고 있었다, 혹은 믿고 있다고 여기고 있었다. 그리고 일본의 전쟁지도자는 이러한 전위시를 혐오하여 탄압했다. 그는 그러한 시를 다른 것보다 결코 높게는 평가하지 않았지만 특유의 골계미는 알고 있었다. 앙드레는 시만을 문제시했으나 히키다는 오히려 시인과 그 삶의 방식에 마음이 끌렸다. 또 앙드레는 시를 읽고 시를 쓰는 데만 몰두하여 가족의 생활을 돌보지 않았고, 그에게 호의를 갖고 있던 소수의 중국인 시인들의 권유도 듣지 않았으며, 항일운동에 가담하는 일도 잊어버리고 일본의 전위시 잡지를 입수하기 쉽고 일본 당국이 관리하는 대화보라는 신문의 문예부 기자가 된 것이었다.

모스크바방송은 아니 그 방송내용을 찍은 호외를 받아들었을 때 보인 일본인들의 어두운 표정이 비로소 순진한 앙드레를 뒤흔든 것 같았다.

히키다는 천천히 걷고 있다고 생각했는데 앙드레는 무릎을 덜덜거리면서 종종걸음을 치고 있었다.

"일본의 천황이 정말로 손을 모아 사죄한 겁니까. 그랬다면 저는 도망쳐야 합니다. 원고를 맡아 주십시오."

원고를 맡아달라는 건 또 뭔가. 그런 일은 히키다가 해야 할 말이 아닌가, 만약 원고라 부를만한 것이 있다면 말이다.

앙드레는 이어서 "도망칠 수 없지만 도망쳐야 합니다" 혀가 꼬일 듯 일본어를 거침없이 쏟아 냈지만 그 뒤의 "저, 돈, 없어요"라는 세 마디는 어둡게 끊어졌다 이어졌는데, 히키다는 돈과는 관계없이 일찌기 "긴자, 신주쿠! 시인이 모여 술을 마시며 꿈을 꾸는 곳"이라 그가 몽상하는 듯한 어조로 말한 것을 떠올렸다. 그리고 긴자나 신주쿠의 술집에 떼 지어 모인 일본의 시인과 외국문학자들에 대한 이상한 분노가 끓어 올랐다.

이 사내를, 이렇게 순진한 중국인으로서의 본질적인 처세술조차 결핍한 사내로 만든 것은 프랑스의 시인 등이 아니라 그것을 어쩌다 번역한 그대들 일본의 시인 번역가들이 아닌가.

말하자면 그런 의미가 될지도 몰랐지만 히키다는 여하튼 일방적인 단정만으로 속이 후련해지는 타입은 아니었다.

"원고를 맡는 일은 도저히 불가능해. 자네는 누가 뭐래도 중국사람이고 여기는 중국이야. 나에 대한 신뢰는 고맙지만 나는 패한 일본인이고 여기는 일본이 아니잖아. 일본군의 점령은 이렇게 되면 곧 끝이 나겠지. 우리의 운명은 점령의 종결과 더불어 충칭 정부의 뜻에 따르겠지. 요컨대 이번에는 우리가 충칭 정부의 관리를 받는 거지. 그러므로……"

뻔한 사실을 설명하는 것은 누구에게라도 얼마간의 불쾌한 감정을 동반하게 마련이다. 도중에 말을 끊고 앙드레의 얼굴을 살폈더니 그 표정이 보는 내내 바뀌어 갔다. 입술이 부루퉁해지고, 눈을 크게 뜨고, 불이 꺼진 시가를 집어 도로에 내동댕이쳐서 짓이기는 동작은 그의 내면에 커다란 동요가 일어나고 있음을 말해주고 있었다. 두 번째로 그의 얼굴을 봤을 때 히키다는 놀란 나머지 소리를 지를 뻔했다. 앙드레의 특이함을 뽐내고 있던 콜맨 수염이 옛 중국 대관의 초상화에 자주 나오는 성긴 수염으로 보이더니 그가 주위 군중의 한사람으로 완전히 바뀌어 있는 게 아닌가.

"동양 헌병을 처단하라!"

어딘가에서 그런 소리가 들렸다. 그것이 앙드레가 지른 것이라 해도 히키다는 더는 놀라지 않았을 것이다. 그의 몸 안에서 어떤 누군가가 재빠르게 일본을 경유해서 들어온 초현실주의와 자동기술법에 의한 원고를 밀어내버린 것이다. 그는 그때 앙드레가 아니었는지도 모른다.

그 어떤 누군가가 머리를 쳐들었을 때부터 군중 속의 두 사람의 위치는 뒤바뀌었다.

"히키다 씨, 이거 위험합니다. 사람이 너무 많습니다. 시끄러워질 것 같습니다."

감싸듯이 장신의 몸을 구부려 웅크린 앙드레는 느닷없이 오른손으로 히키다의 팔을 잡고 왼손으로 어깨를 껴안아 양품점 쇠살문으로 몸을 바싹 붙여댔다. 두 사람의 바로 곁을 10여 명의 청년 무리가 주먹을 머리 위로 번쩍 쳐들고 뭔가를 외치면서 군중을 헤쳐 나갔다. 쇠살문 안쪽의 쇼윈도에는 이미 손문과 장개석의 사진이 걸려 있고,

우리의 산천이 돌아왔다還我河山

경축 승리慶祝勝利

라는 족자를 묵으로 선명하게 써서 걸어 놓았다.

"방금 그 청년들은 삼민주의 청년단입니다. 드디어 지상으로 나왔네요. 오늘 아침 우리 신문사가 호외를 내고 일본육전대日本陸戰隊의 공격을 받자마자 거의 동시에 신문사로 왔었습니다. 접수하러 왔다고 했습니다."

삼민주의 청년단이란 충칭 국민당 지하공작의 한 줄기라는 식으로 이해되고 있었다. 매국노들은 이미 일본에서든 중국에서든 용서받을 수 없는 존재가 되어 버렸다.

잠시 두 사람은 사람들 틈을 비집고 걸었다. 그러자 갑자기 앙드레는 자식들 이야기를 꺼냈다.

"저는 괜찮습니다. 상관없습니다. 하지만, 저는 아이들이 여섯이나 있습니다. 아이들이 가엾습니다. 저 같은 매국노 시인, 괜찮습니다, 어쩔 수 없습니다. 하지만 아이들이, 가엾……"

10분 정도 사이에 앙드레의 심정은 눈에 띌 정도의 진폭으로 흔들리고 있었다. 호외를 손에 들고 일본인 지인과 함께 평화를 축하하고 싶다며 달려온 그는, 이 호외가 일본인에게 평화나 해방을 의미하는 것이 아니라 패전을 의미하는 것임을 깨달았고, 그들의 패전이 곧 조

국 중국의 승리임을 다시 말해 조국의 승리는 그 자신의 멸망이 시작된 것임을 안 것이다. 그는 시를 위해서라며 중국인에게 중요한 문제인 친인척과의 소통을 모두 끊어 버렸고 또 친구도 일본인 외에는 거의 없어 보였다. 순진하게 신뢰해온 일본 및 일본의 문화인들은 한 순간에 무력한 와륵이 되어 버린 셈이다.

"오늘밤부터 저는 답이 없습니다."

그는 같은 말을 반복했다. 히키다는 어쨌든 어디에선가 돈을 끌어와 앙드레 일가가 당분간 어떤 식으로든 끼니를 때울 수 있도록 해야겠다고 결심했다. 그러나 어쩌다 앙드레는 어떤 변화에 유별나게 민감하고 예견에 능통한 상하이 사람 특유의 후각과 준비가 이렇게까지 되어있지 않은 것일까, 그렇게 대단한 시인이었던가?

북쓰촨로, 난징로의 모퉁이까지 왔을 때 막다른 곳인 황푸강黃浦江 제방으로 되어있는 난징로는 전차도 지나가기 어려울 만큼 군중으로 덮여있었다. 그쪽으로 멀리서부터 사이렌 소리가 들려왔다. 그리고 강변 제방으로 몰려가던 군중의 흐름은 갑자기 역류하기 시작했고 밀려 넘어진 여자들의 비명이 성난 목소리와 욕설에 뒤섞였다.

사이렌 소리는 8월의 태양에 번들번들하게 빛나는 총검을 장착한 육전대가 탑승한 시커먼 트럭에서 나는 것이었다. 차는 군중을 내쫓아 흩어지게 하면서 제방을 질주하더니 그중 두 대가 난징로 입구에서 멈췄다. 뿔뿔이 뛰어내린 병사들은 녹아서 흘러내리는 아스팔트 위로 엎드렸다. 차도 한가운데에는 커다란 중기관총이 설치되었고 그

좌우로 착검한 총을 든 병사가 우산 모양으로 흩어졌다. 둥근 총구는 물론 몰려드는 민중을 노리고 있었다. 군중은 전기에 감전된 듯 경련하며 잠시 흥분을 가라앉힌 듯 했지만 모두의 눈에는 이면에 숨긴 증오심을 번뜩였다. 갑자기 일본인인 히키다까지 그 둥근 총구를 증오했다. 앙드레도 무의미하다는 것을 알면서도 무어라 투덜거리고 있었다. 사람들이 새파랗게 질린 듯 거리에서 떠나기 시작했다. 빌딩 창문마다 기운 좋게 내걸려 있던 청천백일기도 마지못해 하나둘씩 내려졌고, 또 점원들은 상점의 쇼윈도에 걸린 손문, 장개석의 초상을 떼어내려고 했다. 사람들은 떠났다. 그리고 사람들의 물결이 빠진 뒤에는 어마어마한 양의 종이가 도로에 깔려 있었다. 히키다가 한 장의 빨간 종이를 줍자 앙드레도 몸을 구부려 파란 종이를 집어 들었다. 빨간 종이에는 '8년간 죽도록 일했다八年埋頭苦幹·이제 기를 펴고 살자一旦揚眉吐氣'라고 쓰여 있었다. 앙드레가 뭐 하고 있나 봤더니 그는 파란 종이의 문구를 응시하고 있었다. 종이를 든 손가락이 부들부들 떨리고 있었다. 그가 주워든 전단에는 '모든 반역분자를 박살내자一切奸逆份子撲殺之·우리 군의 상하이 수복 환영歡迎我軍收復上海'이라 적혀 있었다.

빌딩가 특유의 소용돌이 바람이 일자 전단지가 꽃잎처럼 팔랑거리며 날아올랐다. 시계를 보았더니 아직 오후 1시인데도 난징로에는 총구 외에 사람의 그림자는 뜸했다. 앙드레는 전단지 한 장을 손에 들고 흩날리는 색색의 전단지들 속에 서서 얼어붙은 채 꼼짝도 하지 않았다. 보통 때 같으면 이런 이상한 풍경이 초현실주의 시인을 신나

게 했을지도 모른다. 하지만,

"이봐 뭐 하는 거야. 빨리 꺼져!"

거대한 권총을 손에 든 병사가 고함을 치자 맥없이 물러나야 했다.

"오늘은 여기서 헤어지세. 머지않아 내가 반드시 연락함세. 이것만 큼은 단단히 약속하지."

악수를 하자 앙드레의 앙상한 손은 처음으로 어떤 반응도 없었다. 히키다가 손을 떼려 했을 때 헤어지는 것에 어떤 특별한 의미를 발견하기라도 한 것인 양 갑자기 그는 꾹 하고 힘을 주어 손을 쥐더니 왼손까지 더해 입술을 실룩거렸다. 말은 하지 않았지만 커다란 눈은 그의 심중의 격렬한 진동을 볼 수 있게 했다.

앙드레는 그 인품이 왠지 모르게 잘못 성장한 아이 같았으나 매국 노로서의 그는 어쩌면 문제도 되지 않을 만큼 잔챙이일 것이다. 그러나 그렇게 생각해 봐야 가슴에 꽉 막힌 체증은 단번에 녹아내리지 않았다. 그는 전단 문구에 있던 '기를 펴고 사는' 일은 물론 불가능할 것이고 앞으로 어떻게 시인으로 존재할 수 있을까. 히키다는 걸으면서 문득 자신의 손을 들여다 보았다. 일본의 탐욕스럽고 비열하게 오염된 손은, 그 손을 거친 모든 곳에 수천수만에 이르는 조국과 민중의 적을 만든 것이다. 처음부터 일본의 힘을 이용하여 동포를 박해하고 거대한 이익을 거두는 영악한 자도 있었겠지만 앙드레와 같은 이들은 어떤 실질적 피해도 입히지 않았을 것이다. 그러나 정치의 굴레가 격렬하게 역전할 때는 인간을 범주적으로 처리하고 결코 각 개개인의 실상까지 깊이 배려하거나 하지는 않는 것이다.

"앙드레는 바보야. 자신의 목이 위험한데도 평화라 즐거워하며 떠들어 대잖아. 그 자식은 바보야."

도중에 다시 만난 특조반特調班의 요시야吉屋가 이렇게 말했다.

"바보 아니야, 말 그대로 바보 멍청이라면 그이를 그렇게 만든 건 누구지?"

"감상적인 말은 그만 둬. 이럴 때 정의파가 되는 건 쉬운 일이야."

"뭐라고! 감상적이라고……"

걷는 동안 히키다는 요시야에게 엉겁결에 화를 냈다. 그렇게 만든 것은 군을 비롯하여 대동아성大東亞省 등의 앞잡이들이 아닌가. 특히 대 충칭공작, 평화공작이라 칭하여 부역자 제조업 같은 짓을 저질러온 특별조사반 등은 뼈아픈 책임감을 느껴야 하지 않는가. 그것을 이제 와서 감상적 운운하다니 라며 히키다는 어울리지 않게 화를 낸 것이다. 그런데 "뭐라고! 감상적이라고……"까지 말하고서는 뒤가 이어지지 않았다. 해당 책임자의 말에 태도를 바꾸어 버리면 그다음은 낯짝이라든가 억센 표정이라든가 하는 실체를 알 수 없는 것들이 만연하는 영역이 눈앞에 펼쳐져 말은 더 이상 사태에 도움이 되지 않을 것 같았기 때문이다. 도쿄와 모스크바의 전파 이전의 상황이었다면 아마도 문제의 요시야 자신이 스스로 선도하여 여차할 경우 난징 측 요인들의 은닉 방법을 강구하기도 했을 것이다. 그런데 정치적인 세계에서는 한마디의 판결이 전체를 뒤집어 버리고 판결을 받은 자와 그 판결문에 포함되지 않은 자 사이에는 하늘과 땅, 생과 사의 차이가 생겨나 양자는 얽매이지 않게 되어버리는 것이다. 일본의 항복은 그때까지 명목상일망정 협력관계에 있던 일본과 난징 괴뢰傀儡 정부를 결정적으로 별개의 것으로 만들어 버렸다. 일본의 패전은 동시에 난징 괴뢰정부의 패전이었던 셈이다. 난징 괴뢰정부는 패전 이상이었다. 그것은 없어진 것이다. 정부는 '해산'해 버렸다. 인민을 지배하는 정부가 없어졌다면 그 정부를 구성한 요인들도 없어져야 한다. 사람은 죽는 것 말고 없어질 수 없다. 요컨대 없어지기 위해서는 죽어야 한다. 죽어야 하고 죽여야 한다. 죽어야 하고 죽여야 할 정도의 중요성이 없는 것은 그저 없어져야 한다. 살아있으면서 없어지기 위해서는 없어져야 하는 정치적 이유가 미칠 범위를 벗어나는 것도 하나의 방법이다. 요컨대 도망, 망명이 그것이다. 또 하나의 방법은 그 정치적 이유가 미치는 범위, 즉 자국에 있으면서 그 나라의 국민이 아닌 것이다. 형무소에 들어가는 것도 그 하나다. 매국노 재판의 판결이란 결국 국민으로서의 말살을 선언하는 것이었다. 그러므로 매국노 재판에서의 피고 측 변론에는 천차만별의 현격한 차이가 있더라도 피고가 자국 이외의 국가에 속하는 자가 아닐 것, 더불어 그 자국의 정통한 대표 정부 아래 항상 있었을 것, 요컨대 충성을 강조할 두 조건을 벗어나는 자가 아니었다.

"정말, 감상적이란 말인가……"

"그렇지. 일본인의 인정으로서는 그 사람들에게 어떻게든 해 주고 싶은 거지. 여러모로 이쪽이 주모자이기 때문이야. 그러나 자네, 결국은 그들의 자업자득이라기보다 어쩔 수 없게 돼 있어."

히키다는 자신의 내면에서 회전무대 같은 것이 드르르 회전한 느낌이 들었다. 그는 한 나라를 우선 그 나라의 문학과 문학자로 판단하는 습관을 가진 인간이었다. 시인 앙드레를 통해 그는 일본군 점령지 내의 최대 문학자, 저우쭤런周作人을 생각했다. 저우쭤런은 위대한 문학자다. 그 사실에는 변함이 없더라도 저우쭤런이 이후 중국 역사에서는 결정적으로 중국민족을 배신한 사람으로 기록될 것이다. 판결의 기준은 누구의 눈에도 명백하다. 개개의 실상이 아무리 복잡하더라도 배신했는가 배신하지 않았는가 이 두 가지 말고는 없다.

"지금부터 자네는 어디로 갈 건가?"

요시야와 히키다의 발걸음은 자연스럽게 조금 전 만난 그가 저녁에 항상 습관적으로 가는 커피숍 니콜라스 앞에서 멈췄다. 니콜라스도 문을 닫고 쇠살문 저쪽에는 러시아 출신의 젊은 여성 니나가 멍하니 서 있었다. 니나는 심각한 듯한 낯빛을 띤 두 명의 일본인을 발견하고 흰 도자기에 솜털이 난 듯한 피부의 긴장을 풀고 웃어 보였다. 언제부턴가 히키다는 사람의 표정에 민감해져 있었다. 모든 것을 사람의 표정으로만 판단해야 하는 때가 온 것이 아닌가 하는 생각마저 들었다. 그는 니나의 미소에도 역시 복잡한 뉘앙스가 있음을 놓치지 않았다. "당신들로서는 참 곤혹스러운 일이 벌어졌네요", 그녀의 미소는 분명 그렇게 말하고 있었는데 한편으로 일체의 정치적 변동을 성가신 일로밖에 여기지 않는 백계 러시아인 특유의 느긋한 무관심도 읽을 수 있었다. 빗자루를 쥔 두꺼운 팔은 일본이 지든 말든 나는 니콜라스의 종업원이고 이제 막 청소를 끝낸 참이라 말하는 듯했다. 빗자루를 손에 들고 당당한(히키다에게는 그렇게 보였다) 태도의 니나를 보고 있자니, 대체 자신을 비롯한 일본인들은 무엇 때문에 허둥지둥 소란을 피우고 있는 것일까 하는 의구심이 슬쩍 고개를 들었고 그것이 히키다에게 얼마간의 여유를 되돌려 주었다.

"어쨌든 나는 대화보로 가서 총편집인 정중권程仲權을 만나볼 참이야."

"그래. 그러나 역효과가 나지 않도록 하라고. 오늘 이후로 일본인은 중국인 지인에게 더 이상 폐를 끼치는 행동을 해서는 안 돼, 그걸 명심하라고."

이제까지 중국인에게 군림해온 점령자는 단번에 거추장스러운 애물단지 이상의 존재가 되어 버린 것이다.

히키다가 발걸음을 내딛자 뒤에서 니나와 요시야가 영어와 러시아어를 섞어, 가게를 연 것인지 아닌지, 아무 일도 아니니 열어도 괜찮아 이렇게 사람이 많이 지나다니는데, 모두 가게 문을 닫고 있을 때 열면 오히려 수지가 맞을 거야, 그렇네요, 장사는 정치와 별개니까 등의 대화를 나누었다.

높은 빌딩 양쪽에 늘어선 좁은 도로에는 점점 사람이 불어났고 그 중에는 작은 성조기와 청천백일기를 든 자도 있었다. 사람들 얼굴에는 그야말로 기를 펴고 살자는 전단의 말에 상응하는 것이 있었다. 게다가 지금도 멀리서 온 폭도 일본군이 버티고 있으니 너무 큰 소리는 내지 않는 게 좋다는 식의 억제력이 해방의 기대에 박차를 가하여 너나없이 내부에서 부풀어 오르는 듯한 기세 좋은 표정을 하고 있었다. 사방에서 흘러온 마늘과 땀 냄새를 풍기는 인간의 무리가 뒤엉켜 둔탁한 소용돌이를 만들고 있는 십자로에서 히키다는 어떤 빌딩 벽으로 떠밀렸다. 벽에는 가지런하지 않은 활자로 찍은 〈청봉青烽〉이라는 타이틀의 신문 같은 것이 붙어 있었다. 첫 쪽의 표제에는 "충고 일본헌병대!!" 라고 적혀 있었다. 이 빌딩 모퉁이를 돌면 대화보관大華報館이 있는 길로 나갈 수 있는데 그 길은 특별히 사람이 많아 인해人海라는 중국어가 딱 맞아떨어질 지경이었다. 자동차와 인력거黃包車 여러 대가 옴짝달싹 못하고 있었다. 히키다는 잠시 기다리기로 했다. 그리고 지하에서 뿜어져 나와 눈 깜짝할 사이에 벽에 나붙은 비합법 인쇄물을 읽어나가기 시작했다. 〈청봉〉 옆에는 등사판 인쇄물 〈정의보正義報〉가 붙어 있었는데 여기에서 '멀리서 온 폭도'는 강도라 불리고 있었다. 읽어 내려가다 히키다는 움찔했다. 구석 문예란文藝欄에 '탄핵 괴뢰 시인 앙드레彈劾傀儡詩人安德雷'라는 문구가 보였다. '뢰雷'자가 희미하여 잘 보이지 않았으나 앙드레를 가리키는 것임에 틀림없었다. 그러나 기사는 엉터리 투성이었다. 일본군 기관 문예지에 기고하여 침략자에 영합했다고 되어 있었으나 그런 사실은 히키다가 아는 한 존재하지 않았다. 그러나 슬프게도 문제는 하나 둘이 아닐 터였다. 앙드레가 관 속에 들어가 〈시와 시론〉이나 〈시·현실〉 등의 일본의 낡은 시 잡지를 탐독하고 있는 사이, 그의 운명은 다른 데서 정해져 버린 것이다. 앙드레에 대한 탄핵문 바로 뒤에는 〈박살 매국노!〉라는 시가 있었다.

> 매국노!
> 매국노!
> 그대는 나라를 등지고 재앙의 앞잡이
> 국민을 박해하는 범죄자가 되었다!
> 참으로 긴 항전고난抗戰苦難의 나날에
> 그대는 나라를 팔아 영달을 꾀하려 했다.
> 적에게 꼬리를 흔들어서는 연민을 구하고
> 자재를 조달하여 충성스러운 군인들을 살육하였으며
> 권력의 위세를 빌려 재산을 축적하더니
> 마침내는 적을 대신하여 악을 만들어내는구나.
> ……………………………
>
> 게다가 호언장담에 참회하는 바 없으니
> 양심을 오래전 잃어버렸음을 증명한다.
> 조상의 얼굴에 먹칠한 그대들 매국노여!
> 그대들이야말로 중화민족사상
> 영겁만년永劫萬年 악취를 남길 자들이다.
> ……………………………

등사지에 연필로 이 시를 옮긴 사람의 팔 근육이 보일 정도로 꿈틀거리는 글씨가 거기에 갈기갈기 쓰여 있었다. 히키다는 자신의 얼굴에서 핏기가 사라지는 듯한 기분이 들었다. 그리고 비로소 십자로의 군중이 두려워지기 시작했다. 앙드레를 어떻게든 도와주자, 아무것도 할 수 없더라도 어떻게든 도와주려는 마음 또한 군림해온 점령인의 우쭐한 마음의 발로일까. 강도의 말로, 그것은 강도가 피해자에게 연민을 품는 것과 같은 것일까. 만약 그렇다면 히키다의 절실한 마음은 강도 또한 인간이라는 논리가 작동했을 때만 통용될 것이다. 그렇다면 앙드레는 본래 피해자이면서 같은 피해자 집단을 배신하고 강도를 거든 것이 된다. 게다가 그는 시인이다. 가령 그 강도들의 찬가를 쓴 적이 전혀 없더라도 그 진영에 몸을 담고 있었다면 앙드레를 탄핵하는 쪽은 그의 생활을, 시인으로서의 실생활을 치고 들어올 것이다. 시는 앙드레에게서 벗어나 어딘가의 누군가에게 사랑을 받을지도 모른다. 그러나 생활은 부정할 수 없이 존재하고 탄핵인은 그 생활을 부정할 것이다.

히키다는 벽에 바짝 붙어 소용돌이를 일으키고 있는 군중을 바라보았다. 그에게는 그 느릿느릿한 움직임이 견디기 힘들었다. 그러나 멍하니 바라보고 있는 사이에, "나 또한 당신들 속의 한 사람이다, 참으로 긴 항전고난抗戰苦難의 나날"이라 고함치고 싶은 자가 자신 속에 있음을 알고 깜짝 놀랐다. 그는 파나마모자를 눈 아래쪽으로 깊이 고쳐 눌러쓰고 발밑에 웅크리고 있던 걸인을 피해 벽을 따라 사람들의 흐름을 역행하기 시작했다.

모자를 눈 깊이 눌러쓴 것은 나 또한 당신들과 같은 한 사람이라 생각한 순간, 그들과 그가 얼마나 무서울 정도로 동떨어진 존재인지 새삼스레 깨닫고 삭발한 머리가 보여서는 안 된다고 생각했기 때문이나, 그를 일본인으로 인식한 듯한 시선에도 특별히 이렇다 할 정도의 적개심은 없었다. 한동안 빌딩의 모퉁이를 돌아 커다란 교회의 나무숲을 지나고 4층 건물의 대화보관이 보이는 곳까지 와서야 그는 이 길목만 유독 사람이 많은 이유를 알았다. 대화보관이 있는 한 구역이 봉쇄되어 있었던 것이다. 그런 탓에 군중은 북쓰촨로로 나가기 위해 우회로를 통해 이 빌딩의 골짜기로 모여들었다.

철모에 총검을 장착하고 검은 각반을 두른 육전대 병사가 다섯 걸음 정도의 간격을 두고 군중을 노려보고 있었다. 병사들은 수십 도를 웃도는 직사광선에 노출된 채 가랑이를 벌리고 엉거주춤 서 있었다. 완전무장한 복장 속의 팽창한 혈관이 보일 것 같았다. 병사들은 하나같이 무거운 표정을 짓고 있었다. 그러나 실제로는 화가 나 있지 않았다. 혈관이 울뚝불뚝 팽창해 있기는 했지만 진심으로 화가 난 것은 아니었다. 그것은 억지로 밀고 들어와 이제 민중에게 쫓겨나게 된 점령군의 불안한 표정이었다. 이 불안정은 위험했다. 민중을 쩨려보는 충혈된 눈에는 뭔가 지나친 것이 있었다.

히키다가 병사들의 지휘관에게 대화보관으로의 출입증을 보이고 4층 건물과 병사들 사이의 무인지대로 들어갔을 때 갑자기 단속적인 총성이 울렸다. 신문사 현관에 있던 병사가 재빠르게 총을 허리로 가져갔다.

총소리로 들린 것은 폭죽 소리였다. 폭죽의 제조는 화약 절약, 폭발음이 총성과 헷갈리기 쉬운 탓에 그때까지 금지되어 있었다. 그러나 민중은 이미 점령군의 법규를 무시하고 해방을 축하할 준비에 바쁜 것이다.

히키다는 원래 신문기자가 아니었다. 또 중국문학 전문가 오시마大島와 함께 살았지만 중국의 문화, 문학에 대해서는 과문했다. 그는 태평양전쟁 전에는 구미를 상대로 일본문화를 소개하고 선전하는 기관에 있었는데 전쟁과 더불어 그 대상이 일본군의 각 점령지로 바뀌었고, 학생 시절 친구인 정중권이 대화보의 총 편집일을 맡고 있는 등의 인연으로 현재 그의 업무인 대화보 문예란 상담역을 담당하는 것으로 되어있었다. 하는 것으로 되어있었던 것은 불충분한 중국어 지식으로는 결국 편집에 대한 상담 등을 맡을 수 없었기 때문이다. 정중권은 전쟁 중 일본이 점령지의 지식계급으로부터 논문을 공모했을 때 〈세계사와 일본의 도덕적 에너지Moralische Energie〉라는 철학 에세이로 1등에 당선하여 30세 미만의 나이에 태평양전쟁 전에는 중국 제일의 발행 부수를 자랑하던 대신문사의 편집국장으로 초빙되었고, 히키다에게 "놀러오지 않을 텐가, 문예란을 맡고 있는 앙드레라는 필명의 시인이 있어. 자네라면 이야기도 통할 거야"라는 편지를 보내오는 한편 점점 어려워지고 있던 도중渡中 수속도 처리해

준 것이다. 이런 사정으로 히키다의 일이란, 엄밀히 말해 젊은 정중권의 총편집실에서 어슬렁거리다 마침내는 복도 끝의 다른 건물에 있는 앙드레의 문예란 편집실에서 '노는' 것 말고는 없었다. 정중권은 앙드레에 대해 '자네라면'이라 해서 왔지만 실제 와서 보니 앙드레는 완전히 고립되어 있었고 다른 기자들과 협력하지 않았으며 그에게 전쟁이란, 일본 문학을 소개한다는 명목으로 일본의 전위시인들의 작품, 그것도 중국어로 옮긴 경우에는 대부분 그 의미를 절대로 파악할 수 없는 작품을 소개하고, 또 소개라는 명목으로 일반 중국인 독자의 상식에서 보면 기괴하다 해야 할지 이상하다고 해야 할지 도무지 알 수 없는 시론을 써대는 것 같았다. 전쟁은 그에게 자신을 선전하기에 좋은 기회였던 것이다. 젊은 총편집인 정중권은 이 시인을 다루기 힘들었다. 앙드레의 자존감에 상처를 주지 않고 더불어 문예란을 치우침이 없도록 하기 위해 점령군 보도부의 간섭을 초래하는 일은 정중권에게 생각했던 것 이상으로 즐겁지 않은 것이었다. 이것이 그가 히키다에게 "놀러오지 않겠느냐"는 편지를 쓴 진의였음을 히키다는 도착 후 금방 알아채고 그 임무만큼은 얼마간 완수한 듯 했다. 히키다는 앙드레를 설득하여 문예란의 대부분을 과학란으로 바꾸어 버린 것이다. 설득의 근거는 초현실주의라는 것도 결국은 고도의 지성이 요구되는 과학의 발전에 의해 생겨난 것이라는, 본래의 초현실주의적 발상과는 도무지 다른 기묘한 논리였는데 어쩐 일인지 앙드레는 히키다의 설득에 군말 없이 동의해 주었다. 그 무렵부터 그의 시에는 이상한 수학의 방정식이나 거북이 새끼 모양의 분자구조식 등이 등장하기 시작했고 심지어 '물'이라는 단어가 있어야 할 자리에는 H_2O라 쓰여 있었다. 그는 천문학이나 양자역학 등의 책을 탐독하고 이를 일본의 잡지에 게재된 편협한 동양의 정신적 우수성에 대한 신화에 연결시켰고, 일본의 패전이 다가올 무렵에 앙드레의 논의는 천문학적 수준에 도달하여 히키다의 이해를 넘어서 버렸다. 물론 그의 중국 국민이 벌인 피투성이 항일항전 등은 그에게는 의식 밖의 일처럼 보였다. 히키다가 종종 충칭이나 쿤밍 등의 오지에서 발행된 신문과 잡지를 보고 있으면 앙드레는 슬쩍 들여다보고 미간을 찌푸리며,

"뒤처졌지요. 전혀 앞서 나가질 못해요. 아무래도 산속에 처박혀서 해외와 단절돼 있으니까"

라고 말했다.

"꼭 그렇지만은 않지. 오히려 그 반대가 아닐까. 현재로서는 산속이 이쪽보다는 확실히 미국을 비롯한 선진 여러 나라와 빠르고 깊은 교섭이 이루어지고 있을 걸."

히키다가 그런 말을 해도 앙드레에게는 거의 반향이 없었다. 하지만 히키다가 그렇게 말했을 때, 열여덟 아홉의 말수가 적은 앙드레의 조수 반유대潘柳黛가 눈초리가 찢어진 눈을 반짝 번뜩이며 슬그머니 웃는 것을 히키다는 놓치지 않았다.

히키다가 과학기사를 주로 다루면 어떻겠는가 하고 앙드레에게 권

한 데에는 다른 이유도 있었다. 충칭이나 쿤밍에서 발행되던 신문, 잡지에는 '문화 매국노'를 탄핵할 때 주요한 이유 중 하나로 피점령지의 인민을 적군과 더불어 '독화毒化'한다는 대목이 있었다. 히키다는 일본의 패망을 확신하고 있었던 것은 아니지만 앙드레만큼 낙관적일 수는 없었다. 그는 히키다와 전쟁에 대해 이야기하는 것을 꺼리고 싫어했다.

그러나 초현실주의로도 천문학으로도 수학의 방정식으로도 해결할 수 없는 순간이 마침내 찾아오고 만 것이다. 신문사 각 부의 입구에는 하나같이 둔탁한 빛의 총검을 든 육전대 병사가 서 있었다. 중국인 기자나 종업원은 이미 절반 정도밖에 남지 않았다. 그들은 어두운 낯빛으로 늘 그랬던 것처럼 조명이 좋지 않은 복도의 총검을 비켜 왔다 갔다 했다.

총편집실에는 검은 가죽띠로 어깨에 총을 매단 젊은 중위가 소파에 거드름을 피우듯 말뚝잠을 자고 있었다. 어쩌면 지난 밤 과음을 했을 것이다. 보통 같으면 반지르르한 얼굴에 정력적으로 일을 처리하여 일본 측에는 신중국의 새로운 세대로 기대를 모으던 정중권은 뜻밖에도 창백해져 있었다. 문득 그는 일본을 깊이 신뢰한 사람일수록 이러한 변동에 어떤 준비도 하지 않았던 게 아닌가 하는 생각이 들어 슬픔 이상의 것이 밀려왔다. 정중권은 왼손에 전화기를 들고 이야기하면서 오른손으로 메모를 하는 것처럼 보였지만 종이에 적힌 것은 무의미한 선과 원에 지나지 않았다. 그 선과 점, 그리고 원은 이 젊은 총편집인의 심중의 동요를 명확하게 반영하고 있었다. 게다가 히키다가 방으로 들어섰을 때 그는 그때까지 베이징어로 이야기 하던 것을 급히 광둥어로 바꾸었다. 중위는 중국어를 전혀 모를 것이다. 하지만 히키다는 그 무렵 베이징어라면 어떻게든 알아들을 수 있을 정도는 되었다. 정중권은 계속해서 대여섯 차례 전화를 더 걸었다. 모두 광둥어여서 히키다는 이야기의 내용을 전혀 알아들을 수 없었다. 칠칠치 못하게 침을 흘리며 말뚝잠을 자고 있던 중위는 히키다와 정중권이 일본어로 대화를 시작하자 갑자기 잠에서 깨어 잠시 한 바퀴 돌고 오겠다며 자리를 떴다.

"사장은 어떻게 됐어?"

"어제 밤부터 행방불명입니다."

"체포된 건 아니겠지. 충칭의 지하공작인가 뭔가에?"

"그런 일은 없을 겁니다."

말투에 탄호한 울림이 있었는데 정중권 자신에게도 그런 일은 일어날 리 없다는 어떤 암묵적인 자신감이 담겨 있었다.

"자네를 위해 뭔가 해줄 일은 없는가?"

"아니오, 그럴 필요는 없습니다. 이 신문도 앞으로 이삼일이면 끝입니다. 그러나 저에 대해서는 걱정하지 않으셔도 됩니다."

"자신……있어?"

"괜찮습니다. 다만 육전대가 이곳을 봉쇄해 버렸잖아요. 여기를 뚫고 밖으로 나가는 일이 제일 힘듭니다. 뭔가 좋은 방법이 없을까요?"

"그래 좋아, 그건 어떻게든 해보지. 몇 시에 나가고 싶어?"

"저는 앞으로 1시간 안으로 지금까지와는 다른 진정한 중일합작 필연론을 쓸 것입니다. 그것을 사설로 하고……끝입니다."

정중권은 훨씬 강단진 척하고 있었던 것이다. 그것을 사설로 하고……까지 말하고 30초 정도 침묵하다 끝입니다는 말을 한 뒤 그 때까지 띠고 있던 미소가 사라지는가 싶더니 입술 끝이 떨리고 있었다. 히키다는 다가가 정중권의 살집 좋은 손을 잡았다. 그는 마음속 깊이 "미안했네" 라는 말을 하고 싶었다. 하지만 그것은 말로 나오지 않았다. 그는 그때까지 몇 명이 되었든 점령자로서 군림한 적이 없다고 여기던 터였다. 그러나 역시 점령군이라는 배경을 가진 의식이 뿌리 깊이 존재하고 있었던 것이다. 그의 의식 속에는 낭패감에 가까운 정중권의 긴장을 차가운 눈초리로 내려다보고 있음을 부정할 수 없었다. 내려다본다? 아니 본래 히키다야말로 내려다보아야 할 위치였지만 그는 아직 정식으로 항복한 상태가 아니라는 마음이 들어서였는지 그 한마디 말을 꺼내지 못한 것이다. 이 때 그것을 솔직히 말하지 못한 것은 전후 그의 우월감을 열등감으로 변화시키는 데 박차를 가할지도 모르는 것이었다. 스스로 매국노가 되어 매국노로 처형될 운명의 정중권이 진정한 중일합작필연론을 오늘 이 시간에 쓰려고 하는데 일본인인 히키다는 자신의 마음으로도 또 무엇인가를 혹은 누군가를 대표해서 한마디 사죄도 하지 못했다.

육전대 중위가 장화소리를 내며 돌아왔다. 정중권은 책상에 붙어 생각에 몰두하고 있었다. 히키다는 총편집실을 나와 계단 밑으로 내려와서는 다른 건물의 문예란 편집실로 향했다.

앙드레는 아직 돌아오지 않은 상태였다.

"앙드레한테서 아직 연락 없어?"

"없어."

반유대는 일본어 듣기는 잘했는데 제대로 구사하지 못했다. 히키다의 베이징어와 비등비등했다.

"이거 내일치 문예란입니다."

그녀는 빨강 글씨가 들어간 교정쇄를 내밀었다.

"어디 어디……"

일본의 통신사에서 날아든 것을 기계적으로 번역한 데 지나지 않는 특공대찬가 같은 것이 첫머리에 나와 있었다. 히키다는 기사와 반유대의 희고 영리해 보이는 얼굴을 번갈아 보았다. 잠시 침묵이 이어졌다. 마침내 반潘은 이마로 내려온 머리카락을 쓸어 올리고 뚫어져라 히키다의 눈을 응시한 채 천천히 책상 서랍을 열더니 속에서 갈색으로 바랜 한 장의 신문을 꺼냈다. 그리고는 히키다의 눈앞에 펼쳐보였다. 그 신문의 이름은 역시 대화보였다. 오지로 옮겨 항전에 참가한 구대화보 동인이 나와 있는 이제는 진정한 대화보였다. 거기에도 문예란이 있었다. 특별한 기사는 아무것도 없었다. 반은 히키다의 눈을 계속 응시하고 있었다. 그는 일찍이 앙드레와 오지 쪽이 이쪽보다 해외와 교섭한다는 이야기를 했을 때 반의 눈이 반짝였던 것을 떠올렸다.

그녀의 응시는 타산이 있는 것은 아닐까? 히키다는 빨강 글씨가 들어
간 교정쇄를 찢었다. 그리고 반유대의 눈에 들어간 채 끄덕였다. 반은
전화로 인쇄부에 문예란을 바꾸도록 전달했다. 그리고 히키다에게 눈
으로 신호를 보내고 오지에서 발행한 대화보 문예란을 통째로 잘라
그것을 고스란히 원고를 가지러 온 소년에게 넘겼다.

방금 벌어진 무언극 덕분에 히키다는 문예란 편집실에 내려온 이
유를 잊고 있었다. 그는 정중권을 탈출시키기 위해 전화 연락을 하러
온 것이었다. 해군 중위가 설치고 있는 곳에서는 사정이 좋지 않았
다. 또 눈을 빛내며 오지 신문의 문예란을 통째로 실으려는 반이 있
는 것 역시 걸맞지 않았다. 게다가 반은 여간해서는 움직일 것 같지
않았다.

"지금부터 전화를 걸참인데 당신, 비밀을 지켜 줄거야?"

"요즘 비밀이 많습니다. 우리도, 지금, 비밀, 하나 했습니다." 그녀
는 방금 잘라낸 신문을 가리켰다. "지킬께요. 괜찮아요."

"무슨 일이 있어도?"

"무슨 일이 있어도!"

히키다는 전화로 커피숍 니콜라스의 니나를 불러 보도부 촉탁 유
미노弓野에게 급한 용무가 있으니 당장 니콜라스로 오도록 해 거기에
서 대화보관 문예란 편집실에 전화를 걸라는 말을 전해 달라고 부탁
했다. 군보도부軍報道部로 직접 전화를 걸었다가는 어떤 성가신 일이
일어날지 몰랐다. 10분쯤 지나자 유미노에게서 연락이 왔다. 히키다

는 유미노에게 정중권이 보도부로 출두하도록 하는 명령을 강력하게 내려줄 것을 요청했다. 이 명령으로 육전대의 봉쇄를 뚫고 도중에 정중권은 도망칠 수 있을 것이다.

반유대는 새초롬하게 영어와 일본어를 섞은 히키다의 전화를 듣고 있었다. 이야기의 중심이 정중권의 도피공작임을 알고 그녀는 긴장한 얼굴로 일어났다. 그리고 사무실을 빠져나가려 했다. 그러나 문 근처에 멈추어 서더니 다시금 히키다의 눈을 뚫어지게 쳐다보았다.

"그래요. 비밀, 약속했단 말이에요."

"고마워요……"

새로운 교정쇄가 올라올 때까지 히키다와 반은 서로 부모가 건강한지, 고향의 풍경이 어쩐지 등 평범한 대화를 나눴다. 그 평범한 대화 중 갑자기 전후 맥락 없이 반은,

"정중권 씨, 공산주의자입니다."

라는 말을 불쑥 꺼내어 히키다를 놀라게 했다.

"그럴 리가 없어요." 라고 해도,

"아니오, 저는, 정말로 알고 있습니다."

라고 말하고 다시 다른 평범한 화제로 옮겨갔다.

교정쇄가 올라왔다. 이로써 대화보의 문예란은 오지의 문예란과 같아지게 된 것이다. 어쩌면 내일부터는 문예란만큼은 진정한 대화보가 되고, 전체가 진정한 대화보가 되기까지는 이미 시간 문제에 지나지 않을 것이다. 히키다는 거기에서 급속하게 쫓겨나 썰물처럼 빠

져나가는 일본의 그림자를 보았다. 중국의 정신적 지도에서 일본의 어두운 그림자가 빠져가는 것이다. 그리고 눈앞의 말수 적은 반의 눈빛이 점점 반짝이는 것처럼 보였다. 그 빛나는 눈을 목전에 두고, 그가 품고 있는 대화보를 향한 얼마간의 애착은, 이미 애착애석으로는 절대 통할 수 없음을 알게 되었다. 정치의 두 정점이라 할 수 있는 전쟁과 혁명은 개인의 감정 차원을 뒤엎는다. 무언의 반에게 히키다란 가령 개인으로서 이렇다 할 해를 입히지 않고 또 호감이 가는 인물이라 쳐도 이미 성가심 이상의 존재인 것이다. 피점령지 민중의 교양을 악화시킨 적으로서 체포해 총살한다 해도 어쩌면 결격사유가 없을 것이다. 게다가 지금 반의 눈앞에서 신문계의 거물 매국노 정중권의 도피 공작을 하고 있다.

총편집실에서 전화가 걸려왔다. 히키다에게 잠시 와달라고 한다. 일어서면서 히키다는 반유대에게 악수를 청했다. 그러나 반은 말없이 히키다의 눈을 뚫어지게 쳐다보면서,

"긴, 시간……이었습니다."

라는 말뿐 악수에 응하지 않았다.

히키다는 이미 완전한 패배자였다.

총편집실에서는 둥근 얼굴에 오만해 보이는 젊은 중위와 정중권이 언쟁을 벌이고 있었다. 문제는 정이 쓴 〈진정한 중일합작필연론〉이 발단이 된 것 같았다.

"당신은 이 신문사를 봉쇄하러 왔지 편집에 참견할 권한까지 위임

받은 것은 아니라고 생각하는데……"

라고 히키다가 원고 내용을 읽지 않은 상태에서 반박하자, 중위는,

"하지만 일본인으로서 이런 것을 내보낼 수는 없소!"

라며 군도軍刀의 끝으로 책상을 탕탕 쳤다.

"어쨌든 보도부 검열에 맡기시오. 당신이 나설 자리가 아니야."

히키다의 말이 거칠어진 시점에 유미노에게 의뢰한 보도부장의 출두 명령이 떨어졌다.

"나중에 내쪽에서도 부장에게 상신해 두겠소!"

중위는 다시금 군도의 끝으로 책상을 두들겼으나 히키다는 신경 쓰지 않고 급사에게 원고를 전달했다. 한자 투성이의 원고를 히키다는 슬쩍 봤을 뿐이지만 중위가 열을 낸 이유는 알 수 있었다. 그때까지의 동고동락 동생공사同甘共苦同生共死라는 슬로건은 어디에도 없고 드문드문 중일양국 인민대중이라든가 신민주주의 등의 문구가 눈에 띄어 그는 저도 모르게 정중권의 얼굴을 쳐다봤다. 이 중국 청년 또한 일본에서 배운 것이 과연 일본의 도덕적 에너지Moralische Energie 등이 아닌 좌익의 인민민주의였던 것인가……. 빙글빙글 무대가 바뀌는, 아니 밤낮이 인공적으로 급속하게 교체되는 듯한 느낌이 들었다. 인쇄부 급사와 교대로 회계과 급사가 끈으로 묶은 커다란 돈다발 열 개 남짓을 양손으로 꺼안고 들어왔다.

일본이 마침내 무조건 항복을 선언할 것이라는 보도가 들어온 상하이는 물가가 맹렬한 기세로 급등하여 담배가 아침에 6천 달러였

던 것이 저녁에는 9천 달러로 치솟았다. 15만 달러가 대개 일본 돈으로 5엔에 해당했다.

"히키다 씨, 이거 얼마 안 되지만 당분간 필요한 데 쓰십시오."

히키다는 정중권에게 자네야말로 당분간 돈이 필요할 것 아닌가, 나는 아무래도 좋다며 진정을 담아 의사를 전달했으나 정은 받아들이지 않았다.

"저는 괜찮습니다."

그렇게 말하고 그는 모자를 집었다. 여기를 나가는 것이 마지막, 학생시절부터의 교우도 이로써 최후를 맞이할지도 모른다, 적어도 히키다는 그런 마음가짐이었다. 책상 위에 쌓인 돈다발을 그대로 둔 채 히키다는 정과 나란히 총편집실을 나왔다. 어슴푸레한 복도로 나와 그는 정의 어깨를 감쌌다. 따뜻한 피가 비로소 이 중국 청년에게 흘러가는 것 같았다. 그러나 정이 생각하고 있는 것을 히키다는 상상할 수 없었다. 그것이 답답하여 얼마간 감상적으로 빠지려 하는 자신의 의식이 거추장스러워졌다. 정은 모퉁이에서 "이거, 기념으로"라며 히키다의 주머니에 장방형의 묵직한 것을 툭 떨어뜨렸다.

총편집인이 신문사를 빠져나간다. 그 뉴스는 재빠르게 신문사 건물 전체로 전달되고 있는 것 같았다. 복도와 계단으로 기자들과 노동자들이 달려 나왔다. 이것이 마지막이 될 것임에 틀림없음을 그들은 이미 느끼고 있었던 것이다. 대개는 이별의 말을 넌지시 전했는데 2층 광고과 안에서 중국말로,

"이 매국노這個漢奸"

이 매국노 새끼!라는 소리가 들린 것을 히키다는 놓치지 않았다. 도중에 그는 정을 방어하듯 앞에 섰다.

"거듭 말씀드리지만 사장과 제 일은 걱정 없습니다. 오시마 씨와 요시야 씨에게 말씀 잘 부탁드립니다."

그것이 정중권과의 이별사였다. 히키다는 뒤쪽 출입구에서 자가용 인력거를 타고 병사의 총검으로 군중과 떨어진 무인지대로 빠져나가는 정의 뒷모습을 바라보며 다음번 만남이 부디 형장이 아니기를 빌었다. 가령 진정한 대일협력이 일본의 군관과 협력하는 것이 아니라 결국 항일항전이었다 해도.

정의 모습이 보이지 않게 되자 주머니 속의 물건을 꺼내 보았다. 수정으로 만든 문진文鎭이었다. 이것은 일찍이 난징정부 주석이었던 이가 정중권에게 보내온 것이라며 그에게 보여준 적이 있는 것이었다. 문진에는 어떤 기교로 새겼는지 알 수 없지만, 수정 안쪽에,

"선비는 자신을 알아주는 사람을 위해 죽는다士爲知己者死."
"여자는 자기를 좋아하는 사람을 위해 단장한다女爲說己者容."

라는 글귀가 새겨져 있었고 녹색이 들여져 있었다. 이 말은 한참 동안 그를 괴롭혔다. 정중권은, 그리고 안타깝게도 일본의 패전 직전에 죽은 주석은, 과연 일본을 자신을 알아주는 이, 자기를 좋아하는 이라 생각하고 있었을까, 만약 그렇다면 일본은, 나아가 히키다 그에 걸맞았는가. 정은 또 왜 하필 이 물건을 기념으로 선택한 것인

가…….

정이 탄 인력거가 군중 속으로 들어갔고 별다른 이상 조짐 없이 사라지는 것을 배웅하며 다시 멍하니 서 있을 때 앙드레가 흥분한 얼굴로 돌아왔다. 그리고 즉시 봉쇄 중인 부대에 걸려 말썽을 일으켰다. 히키다는 재빨리 뛰어가 앙드레를 빼내었고 문득 든 생각에 곧장 총편집실로 향했다.

책상 위에 쌓아둔 돈다발은 분명히 열 개였는데 여덟 개밖에 없었다. 1,000만 상하이 달러, 즉 일본 돈으로 약 400여만 엔이었던 것이 800만 달러밖에 없었던 것이다. 젊은 중위는 염치없고 뻔뻔스러운 옆얼굴을 보인 채 말뚝잠을 자고 있었다.

"그래, 관두자!"

히키다는 이 중위를 추궁하지 않음으로써 한층 더 경멸하기로 마음먹고 남은 돈다발을 보자기에 싸서 복도로 나왔다.

문예란 편집실에서 앙드레는 멋을 낸 콧수염을 비틀고 비틀어 반 유대에게 분기탱천하고 있었다. 문예란을 어쩌자고 이런 촌스러운 오지의 것으로 뒤바꾼 것인가라고 야단을 치는 중이었다. 반은 교정쇄에서 마침 그리로 들어온 히키다에게로 시선을 옮겼다. 아주 침착했다. 히키다는 눈알을 둥글둥글 부라리고 눈썹이며 콧수염을 한쪽씩 올렸다 내렸다 큰소리를 지르는 앙드레에게는 신경도 쓰지 않고 문의 자물쇠를 채우고는 보자기를 풀기 시작했다. 앙드레의 눈과 눈썹, 콧수염 등의 움직이는 방식에 대해 스스로 털어놓은 바에 따르면

매국노　177

살바도르 달리라는 스페인 출신의 초현실주의 화가의 표정을 흉내 낸 것이었다.

히키다는 800달러를 둘로 나누었다. 앙드레는 보자기의 내용물을 언뜻 보자마자 바로 야단을 멈추고 빨려들 듯 히키다 쪽으로 바싹 다가왔다.

돈다발 네 개를 우선 반에게 내밀었다. 그러자 반은 네 다발 중 하나를 집어들어 히키다 수중에 남은 네 다발 위에 놓았다. 자신에게는 너무 많으니 앙드레에게 많이 주라는 의미인가고 히키다는 그녀의 가늘고 나긋나긋한 손가락을 보면서 생각했다. 그런데 그녀는 돈 묶음을 차례차례 집어 들어 원래대로 여덟 다발로 만들어 버렸다. 그리고 통째로 전부를 앙드레 쪽으로 밀어주었다. 그러는 동안 말 한마디 하지 않았다.

"반 씨가 갖지 않는데, 저, 받는 거, 불가능합니다."

"당신네 아이들에게 주세요. 저는, 혼잡니다, 어떻게든 될 거예요, 게다가, 조금 기다리면 이 회사에서 정식 해산비解散費가 나올 테니까요."

그녀가 이 정도로 유창하게 일본어를 구사한 것은 이것이 처음이었다. 앙드레는 그러나 고통스럽게 입술을 깨물고 눈을 내리깐 채 꿈쩍도 하지 않았다. 그리고 다음 순간 갑자기 어린아이처럼 흐느껴 울기 시작했다. '조금 기다리는' 일이 어쩌면 그에게는 불가능할 것이다. 반유대는 창가로 걸어가 손을 허리에 대고 히키다와 앙드레를 등진 채로 무슨 생각을 했는지 휘파람을 불었다. 그 휘파람과 같은 멜로디의 레코드 음이 어딘가 먼 데서 군중의 절규하는 목소리, 폭죽음을 넘어 들려오고 있었던 것이다. 히키다는 그것이 어떤 곡인지 그때는 떠오르지 않았다. 하지만 전후 1년 차에 그가 국민정부의 모 기관에 징용되었을 때 같은 멜로디를 월요일 아침마다 불러야 했다. 그것은 국민당가, 다시 말해 당시 중국 국가였다.

동란 최초의 첫날을 끝내고 중국문학 전문가 오시마와 공동으로 살고 있던 집으로 돌아오자 거기에서도 밤중에 소동이 일어났다. 봉쇄되고 위협을 받은 대상이 이번에는 히키다와 오시마였다.

두 사람은 주변에 일본인이 그다지 없는 구 프랑스 조계지 안쪽에 있는 적산 아파트 4층을 빌려 살고 있었는데 오시마도 일터인 동방문화편역관의 종업원들에게 동정을 받았다가 해산비 마련을 강요받은 나머지 파김치가 되어 귀가하면 두 사람 모두 술 없이는 잠을 이루지 못했다.

"만약 정말 졌다면 말이지, 그리고 원자폭탄 때문에 원자병이라는 것이 전국적으로 만연하여 일본 민족이 사별死滅하는 운명에 있다면 말이지, 나는, 나는 중국에 남아 걸식 시인乞食詩人이 될 거야. 그리고 말이지, 목숨이 붙어 있는 한 일찍이 동방에 나라가 있었노라 노래하며 걸을 거야. 결국에 말이지, 일본의 문화를 정말로 문화로 인정할 수 있는 것은 중국인이잖아! 프랑스인이 왜, 프랑스인이 일본의 현대문화를 문화로 생각하고 있을 거 같아?"

히키다는 왜? 라고는 생각하지 않았지만 오시마의 말에는 취기 이

상의 힘이 있었다.

"너, 오늘도 분명히 앙드레와 속닥거리다 왔지, 그렇지? 앙드레 그 자식, 프랑스어도 못하잖아, 그 자식하고 프랑스문화와 뭔 관계가 있는데. 일본이잖아, 일본문화잖아!"

오시마는 계속해서, 그날 오후 귀가하여 그때까지 두 사람이 술에 취해 큰 소리로 노래를 부를 때마다, 시끄럽다며 고함을 치던 뒷집의 부잣집 관리官吏 부인이 술을 들고 와서,

"당신은 문학자라고 그러던데, 그러면 좌익일 테고, 중공에 아는 사람이 있겠구만."

이라며, 남편을 도망치게 할 연고는 없는지 수소문하러 온 것을 이야기했다.

"유학생은 모두 일본에서, 너, 무엇을 듣고 배웠을 것 같아, 도덕적 에너지 같은 게 아니야. 제국주의와 좌익이야. 얼마 전까지만 해도 상하이의 고서점이라는 고서점에는 일본의 좌익에 대한 번역서가 산더미처럼 쌓여있었어. 지금도 뒤지기만 하면 일본에 없는 책이 얼마든지 나올 거야. 이것도 일본문화 아니겠어! 중국인이 일본문화를 이해한 거지! 프랑스 문화가 아니란 말이지. 우리의 문제는, 너, 일본문화 아니야? 책임이 있지. 그것이 원자병으로 없어진다는 거야? 일본문화라고. 일찍이 동방에, 나라가……있었다네……"

거기까지는 그럭저럭 괜찮았다. 이 거친 사내 둘의 세대에서는 수세식 변소가 고장 나면 집에서 용변을 보지 않는다는 간단명료한 생

활법을 준수한 것에 불행이 있었다. 오시마는,

"야압!"

이라는 추임새를 넣어 베란다에서 오줌을 눴다. 그러자 주변이 갑자기 조용해졌다. 그때까지 쾅쾅 못을 박는 소리, 쿵하고 무거운 것을 떨어뜨리는 소리 등이 들렸는데 취한 두 사람은 신경을 쓰지 않았던 것이다. 그런 소리들이 사라지고 잠시 뒤 가까운 데서 한발의 폭발음이 들이더니 총탄이 주변 공기를 갈라놓았다. 오시마는 엉거주춤한 자세로 가재걸음을 치며 베란다에서 방으로 들어왔다.

"이봐 아래에서 뭔가 하고 있어. 뭔가 있어. 군대 같은데."

"일본군이야?"

"뭔 소리야."

히키다는 조심조심 다른 창에 기대어 아래를 내려다봤다. 자세히 보니 어둠 속에 중국 옷, 양복, 군복 등 각가지 복장을 한 사내들이 배회하면서 무슨 일인지 바리케이드를 쌓고 있는 것 같았다.

2층의 조선인이 뛰어나가다 부대에 저지당해 다시 집안으로 떠밀려 들어왔다. 군대와 평상복 차림의 무리는 줄곧 1층을 드나들었고 바리케이드는 점점 길어져 아파트 전체를 포위 봉쇄하는 것처럼 보였다.

"어쩔 수 없어, 내일 아침이 되면 저쪽에서 뭔가 말을 걸어올 거야."

아침이 되어서도 봉쇄가 풀릴 기미는 보이지 않았다. 군복의 무리는 전부 사라지고 목재와 흙더미를 쌓아 올린 바리케이드의 요소요소에는 커다란 권총을 가진 평상복 차림의 건장한 사내가 어슬렁거

리고 있었다. 오시마와 히키다가 외출하려 하자, "어제 오줌을 내갈
긴 게 너였지"라며 지독하게 꾸짖으며,

"오늘은 외출 불가야!"

그렇게 말하고 4층을 총구로 가리키며 쏙 들어가 있으라는 몸짓을
해 보였다. 벌써 봉쇄를 탐지한 것인지 중국인 아이가 바리케이드 너
머로 빵을 팔러왔다. 쿠페 빵 하나가 6천 달러나 했다.

"특조반特調班의 요시야에게 전화 연락을 할까. 자네가 말 좀 해봐."

이웃 아파트의 네덜란드 노부부가 창가에 둔 화분을 손질하고 있
었다. 급할 때는 이 노부부에게 창에서 영어로 고함을 치다시피 하여
전화를 거는 것이 상례였다.

"우리는 일본인이라, 곤란할 거야. 혹시라도 요시야가 헌병에게 연
락을 했다가, 그 결과, 서로 총질을 해서 사상자가 발생할 수도 있잖
아."

라고 말하면서 히키다는 문득 떠오르는 것이 있었다.

"그렇지. 반유대에게 부탁해 보자."

반은 항상 오전 중에는 속기학교에 가 있을 터였으나 그날은 마침
출근해 있었다. 직접 말하는 것이 아니라 네덜란드인 부인을 통한 것
이라 이야기가 잘 전달된 것인지 어쨌는지 의심스러웠지만 1시간
후에 반은 키가 큰 중국인 옷차림의 신사와 더불어 나타나 오시마와
히키다는 순식간에 자유의 몸이 되었다. "저희 아버집니다." 반은 함
께 온 신사를 두 사람에게 소개했다.

"최근에 충칭에서 건너왔습니다."

히키다와 오시마도 이제 무슨 일이 일어나도 그다지 놀라지 않게 되었다.

"딸을 오랫동안 보살펴주셔서 감사할 따름입니다."

신사는 히키다의 손을 잡고 정중하게 인사를 했다. 히키다는 답변할 말이 얼른 떠오르지 않았다.

반유대는 항상 검소한 치파오旗袍를 입었는데, 그날은 작은 꽃모양의 치파오를 입고 입술에도 연지를 바르고 있었다. 화장 같은 것은 그때까지 한 번도 하지 않았던 것이다.

"조사해봤습니다만, 저 무리는"이라 말문을 연 신사는 딸의 어깨를 쓰다듬으면서 다른 손으로 창 아래를 가리키며 "전부 난징 정부와 관계를 맺고 있는 나쁜 놈들입니다. 일본이 항복에 착수했기 때문에, 당황하여 우리는 지하공작원이었다, 는 식의 표식적인 의태擬態를 보인 것입니다. 아니, 여러 양상이 드러날 것입니다. 역시 상하이입니다. 매국노들은 모두가 하나같이 저와 비슷한 흉내를 내던지, 저런 일을 일찍이 해오고 있었던지, 평화 구국平和救國 등을 반드시 들고 나올 겁니다." 히키다는 움찔했다. 그들이 매국노라면 우리는 뭔가. "저놈들은 이 건물 1층이 비어 있는 것을 알고 무단으로 침입하여 들어본 적도 없는 군대의 특별지대본부特別支隊本部라 설쳐댄 모양입니다."

반유대의 이야기에 따르면 그날은 이미 앙드레도 정중권도 신문사를 빠져나간 뒤라 인쇄공과 보도부 소속 통역 등이 신문을 찍어내는 데 지나지 않았다. 정중권의 결별논문도 어디선가 도중에 없어진 모양이다. 기자들은 어제 내일도 반드시 출근하겠노라 봉쇄부대 지휘관에게 약속하고 귀가했다는데 오늘은 대부분 나오지 않았다는 얘기다. 히키다는 기자나 인쇄공들이 해산비를 받았는지 여부가 궁금했다.

"예, 그것은 정 씨가 당신에게 그렇게 많은 돈다발을 전달해 두어 지휘관의 눈을 속였고 다른 사람들에게는 조용히 어음으로 전달해 줬습니다. 결국 앙드레 씨가 지휘관과 그 돈다발 건으로 티격태격 했을 뿐입니다. 그나마 앙드레 씨가 우시는 바람에 무난하게 넘겼습니다. 하지만 히키다 씨, 당신은 앞으로 금전 문제는 괜찮으신가요."

테 없는 안경 속에서 신사의 눈이 반짝하고 빛났다. 그리고 딸 쪽을 문득이 바라보았다. 히키다는 당황하여 걱정 없다는 투로 대답했다. 사실은 앞으로 어떻게 버텨야 할지 답답한 노릇이었지만……

그때 이후로 반유대를 비롯하여 앙드레는 물론 정중권과 히키다는 연락할 방법을 잃어버리고 말았다. 커피숍 니콜라스의 니나에게 두 번 정도 앙드레의 거주지를 살펴보도록 했는데 이사를 해버려 행방불명이었다.

마침내 8월 15일이 되었다. 일본 천황은 방송에서 점령지역에서 막대한 희생자를 낸 것의 책임에 대해서는 그저 막연하게 유감의 뜻을 나타내지 않을 수 없다, 라며 뇌꼴스러운 이중부정형을 썼을 뿐이었다. 철두철미, 문제는 짐朕과 그 신민에 대한 진념軫念의 범위를 벗어나지 못했다. 히키다는 거기에 국가나 정치가 근본적으로 품고 있는 이기적egoistic인 면이 드러나 있는 것을 발견하고 소름이 끼쳤다. 그러나 개인이 과연 정치적 이기주의에 대해 결정적인 책임을 질 수 있을지 히키다는 석연치 않았다. 그럼에도 개인은 결정적인 책임을 져야만 하는 것이다. 정치에 참여하는 개인의 윤리는 책임의 윤리 외에는 없다. 무엇에 대한 책임을 질 것인가, 역사에 대해서, 인민에 대해서, 자기 자신에 대해서, 그러나 합리성 위에 입각한 정치에 참여한 인간 그 자체가 결코 합리적인 것은 아니다. 역사에 대해, 인민에 대해, 자기 자신에 대해 책임을 졌다고 생각한 것이, 역사와 인민, 그리고 자기 자신을 배반하는 결과를 낳을 가능성이 절대로 없는 정치라는 것이 과연 존재하기나 할까.

히키다, 오시마, 요시다 모두 일본인에서 재외일본인이라는 신분으로 바뀌고 재외일본인 집중구역에 감금되어 외부 세계와의 연락이 단절되었다. 히키다와 오시마는 돈 한 푼 없었다. 그러나 인간은 사고를 일으킨다. 게다가 그 사고는 사고 당사자만으로 끝나는 경우는 드물다. 인간이 일으키는 사고는 사람들 생활의 양식이기조차 하다. 중국문학 연구가 오시마는 걸식 시인은 되지 못하고 재외일본인과 중국인 그 외 다른 사람들과의 사이에 일어나는 사고를 서식으로 작성하여 재외일본인 관리처에 제출하는 대서사代書士가 되었다. 그리고 히키다는 그 대리인이 되어 사고를 찾아다니며 적산 등의 문제로 서양 글씨가 필요할 때에는 히키다도 대리인에서 대서사로 바

꿰었다. 오시마는 접사다리를 책상 삼아 붓을 놀렸고 히키다는 부서진 나무상자 화로에 판을 얹어 펜으로 글씨를 썼다. 이 장사는 상당히 번창했다. 오시마는 술을 마시고 성서를 탐독하며 큰 종이 두 면에 총살! 총살! 총살! 총살! 총살! 등의 글씨를 붓으로 쓰고 그것을 시라 불렀다. 생활의 질서가 평상시와 비교하면 엉망진창인 것이 사실이었으나 엉망진창 나름의 할 일에 순서가 정해질 무렵 정신의 질서가 엉망진창이 되어 갔다. 어쩌면 술을 처마시고 성서를 탐독하는 것이 가장 현명한 방법이었는지도 모른다.

엉망진창인 생활에 엉망진창의 순서가 정해질 무렵, 재외일본인 자유사상가 클럽이라는 것이 만들어졌다. 특조반 출신 요시야의 일이었다. 오시마나 히키다도 알지 못하는 사이에 회원으로 등록되어 있었다. 자유사상가란 요컨대 군인이 아니었던 자를 말하는 모양이었다. 이전에 어떤 부서에 있었는지 등은 문제가 되지 않은 듯 했다. 히키다는 11일 밤중에 급하게 바리케이드를 쌓고 어떻게든 지대부대支隊部隊를 형성한 뒤, 반의 아버지에 의해 해산된 '매국노'들을 떠올렸다. 그의 흉중에는 곳곳에 이해되지 않는 크고 작은 어두운 구멍 같은 것이 잔뜩 있었다. 게다가 이 구멍은 횡혈橫穴로 뚫려 자유자재로 연락을 하고 있는 듯 했고 자유사상이란 이 종혈縱穴, 횡혈을 의미하는 것 같았다.

히키다는 이 모임을 통해 중국의 문화인과 연락을 하는 것이라는 요시야의 말에 이끌려 혹시나 앙드레의 소식을 알 수 있을지도 모른다는 생각에 참여했다.

　그러나 아무리 모임을 가져도 중국 문화인과는 한결같이 연락이 닿지 않았다. 중국 문화인 대부분은 어떤 관리 부인의 논리에 따르면 "당신은 문학자, 고로 좌익"이라는 의미가 형성된 모양이었다. 문인 장군이라 칭하는 듯한 중국 군인이 가끔 참여하여 아주 조잡한 중일 문화합작론이나 동양문명의 정신적 우월성, 공산주의 배격 등을 주장할 뿐이었다. 그것을 공손히 경청하며 애초부터 자유 중국의 협력자였던양 행세하는 일본인 자유사상가들은 과거의 협력자였던 매국노를 재판하는 법정 활동에 대해 입을 닫고 누구 하나 입도 뻥긋하지 않았다. 히키다는 군인의 고견을 들어마지 않으면서도 시종일관 좌불안석 기분이 매우 거북했다. 그는 자신이 모순이나 당착을 차례로 받아들이는 동굴이라도 되어버린 듯한 생각이 들었다. 때때로 일본에서 보내온 신문에 강도, 살인, 강간 등의 기사가 크게 보도되어 있는 것을 봐도 그는 별다른 생각이 들지 않았다. 충칭에서 빠져나온 사람들과 친해진 일본인들은 공공연하게 매국노를 욕하고 조롱해댔다. 게다가 그 욕이나 조소에 어떤 부정하기 어려운 것이 포함되어 있다는 사실은 가장 잔혹한 진실이었다.

　제2의 큰 구멍은 작년에 그가 징용되었을 때 입을 떡 벌렸다. 그 무렵 그는 풍문으로 앙드레가 체포되었다는 소식을 듣고 가슴 속의 구멍을 찬바람이 불고 지나가는 느낌을 받은 바 있다. 그리고 일본에서는 전쟁협력자에 대해 추방의 바람이 세차게 불고 있었다. 그는 자신도 정신적으로는 추방된 것이나 다름없는 것이라 여기고 언제부턴가 자유사상가 모임에도 나가지 않게 되었을 때이기도 해서, 징용은 그를 놀라게 했다. 인간이 합리적으로 처신하려고 하면 정치 쪽이 비합리적인 행태를 취하는 것 같다고 히키다는 생각을 했다. 그가 쭈뼛쭈뼛 출두해 보니 거기에 전과 다름없이 검소한 치파오에 연지나 분을 바르지 않은 반유대가 나와 있는 사실에 그다지 놀라지 않았다. 그를 맞이한 주임 위원은 "전쟁 중에 당신들이 강제된 바와 같은 일은 아니고 이는 명예로운 일이므로 빈틈없이 해주기 바랍니다." 라고 했다.

히키다는 일을 시작한지 얼마 지나지 않아 반유대에게 앙드레는 어떻게 되었는가고 물어보았다. 그러자 반유대는 곧 재판이 시작될 겁니다. 혹시라도 가고자 한다면 가족이 있는 곳으로 안내해 주겠다고 했다.

앙드레 일가는 끔찍한 곳에서 살고 있었다. 상하이 외부에는 광대한 집하장이 몇 군데 있다. 그중 하나 유리 파편이 반짝거리고 통렬할 정도로 크게, 게다가 엄청난 양의 금파리, 쉬파리가 기이한 소리를 내고 있는 쓰레기더미 한가운데에 흙벽 오두막 한 채가 서 있었다. 그곳이 시인의 집이었다. 그런 공유지에 틀어박혀 사는 것은 필시 불법일 것이다. 그러나 매국노의 가족인 그들 역시 중국의 쓰레기라는 관점에서 보면 매우 적당한 장소였을지 모른다. 불그스름한 갈색에 먼지투성이의 머리카락을 흩뜨리고 번쩍번쩍 안구를 반짝이며 손발에 상처투성이인 부인이 두 평 남짓한 마당 중앙에 설치된

관 위에서 꼼짝도 하지 않고 앉아 있었다. 네 명의 아이들은 모두 비쩍 마른 데다 사지가 모두 고름이 섞인 부스럼으로 덮여있었다. 선물로 들고 온 과자와 빵은 2분도 채 되지 않은 사이에 없어지고 아이들은 앙드레가 시인이라는 이유로 히키다가 들고 온 꽃다발을 고까운 눈빛으로 쳐다보고 있었다. 부인은 눈꼬리를 끌어올려 히키다의 옷깃을 주시하고 있었다. 그의 옷깃에는 징용간 곳의 배지가 붙어 있었던 것이다. 일당 독재국가에서는 그 당의 고급휘장이 어떤 역할을 하는지 예를 들지 않고서는 설명하기 힘든 데가 있지만 때로 그것은 동질의 사건이 벌어졌을 때 사람을 생과 사만큼의 격차를 두게 하는 경우가 있다. 히키다가 붙이고 있던 칠보七寶의 작은 휘장은 단순히 그의 신분을 나타내는 데 그치는 것이었음에도 이 휘장을 붙이고 있으면 전차나 버스를 탈 때 요금을 낼 필요가 없었다.

관에 앉아 있는 여자의 표정은 애초 이 귀중한 휘장을 보고 불가해한 동시에 수상쩍어하는 기색이 역력했는데, 점점 형언하기 힘든 분노로 바뀌어 갔다. 도대체 무슨 이유로 이 동양의 귀신은 국민당의 휘장 같은 것을 붙이고 있는가, 그럴 자격이 어떤 까닭으로 주어질 수 있는가, 라고 그녀는 의심하고 있었다. 그러나 귀중한 휘장을 제 것으로 붙이고 있는 것은 눈앞의 사실이다. 그럼에도 앙드레는 매국노로 심판을 받는다는데 어떻게 이 동양의 귀신은 뻔뻔스럽게도……. 이런 일이 벌어져도 되는 것인가! 그녀의 남편이 매국노라면 이 동양의 귀신은 전범이 아닌가. 이 전범이, 이 동양의 귀신이 이 부인과 네 명의 아이를 쓰레기 하치장에 내던진 원흉, 장본인 아닌가. 그런 자가 무슨 면목으로 항전 10여 년에 걸친 국민당의 명예로운 휘장을 붙이고 문안 인사를 한답시고 뻔뻔스럽게 올 수 있단 말인가.

부인과 반유대는 끊임없이 대화를 나누었으나 둘 다 베이징어나 상하이어가 아닌 말을 쓰고 있어서 히키다는 알아들을 수가 없었다.

"부인이 이렇게 말합니다. 그때 당신에게 8만 위안을 받은 탓에 이렇게 되었습니다. 그 돈다발이 눈에 띄어 인근의 사람들이 달려왔습니다. 그리고 싸움이 벌어졌습니다. 그로 인해 성안에 있을 수 없게 되었습니다. 사방을 헤매는 동안 돈은 없어지고 그 와중에 문화 매국노라 하여 있을 곳도 없어졌습니다. 그리하여 이런 데로 왔습니다. 아이가 여섯 있었습니다만 둘은 죽었습니다. 시신은 저쪽에 묻었습니다. 저쪽 오물이 없는 곳, 통조림 깡통으로 물을 받아 둔 곳, 저곳입니다. 아이들은 또 죽을 것이라 말합니다. 앙드레는 잡힌 뒤로 만나지 못하고 있습니다, 만나려면 돈이 필요합니다. 재판이 가깝습니다. 히키다 씨, 그 휘장을 단 채로 증인이 되어 변호해주셨으면 합니다. 특별한 변호인이 없기 때문입니다."

부인은 여전히 히키다의 옷깃을 응시하고 있었고 아이들은 히키다와 꽃다발을 번갈아 쳐다 보고 있었다.

"제가 증인이 되는 것이 유리한지는 잘 모르겠습니다만, 필요하시다면 자진해서 서겠습니다, 라고 말씀드려 주십시오."

마당 안쪽에는 검은 관 외에 생활에 도움이 될 만한 것으로는 대여섯 장의 멍석과 빈 깡통류를 제외하면 아무것도 없었다. 원고다운 것도, 〈시와 시론〉도, 〈시·현실〉도 그림자도 형태도 없었다. 두 아이가 굶어 죽은 것은 너무도 자명했다. 이 일가는 먹을거리마저 유기물이 무기물로 바뀌고 썩은 냄새가 진동하는 이 공유지에서 주워오는 것일까.

"부인이, 앙드레는 당신을 원망하고 있지 않습니다. 당신은 좋은 사람이라 했습니다, 라고 합니다."

반과 히키다 두 사람은 그때까지 계속 서 있었는데, 이 말을 듣고 히키다는 입구의 수숫대로 만든 입구 가리개를 제치고 불쑥 밖으로 나왔다.

돌아오는 길, 히키다와 반은 아무 말도 하지 않았다.

평소 말이 없는 반은 그 후로 훨씬 말이 없어졌다. 그 무렵 만주는 중공의 차지가 되어 버렸다. 그리고 공산군은 연달아 남하하고 있었다. 정중권과 괴뢰대화보의 옛 사장은, 중공에 있다는 소문이 전해졌고 두 사람 모두 결석재판에서 사형을 언도 받았다. 또 그 무렵 특조반의 요시야가 결핵으로 사망했다. 그는 병상에서도 "일본의 혁신 세력과 중국의 혁신 세력이 결탁하지 않는 한 동아시아 사태의 갱신은 있을 수 없다"고 말했다. 그 혁신 세력이란 중공을 가리키는 듯했는데 그것이 전쟁 중에 그가 말한 혁신 세력과 같은 것이었는지의 여부는 히키다로서는 알 수 없었다. 오시마는 일본으로 귀국하든 귀국하지 않든 자신의 의지는 아니라고 했으나 히키다와 둘이서 한 칸을 빌려 살고 있던 집의 주인이 병에 걸리자 간병인으로 따라나서 병원선을 타고 홀연히 귀국해 버렸다. 각지에서 중공군이 우세해지자 일찍이 항일전을 함께해온 국민당 요인을 전범이라 했다. 히키다의 가슴 속에서 무언가가 또 퍽하고 함몰하며 구멍을 냈다.

마침내 앙드레의 재판이 시작되었다. 히키다가 증인으로 서는 건에 대해서는 물론 각하되었다. 재판정을 채운 방청자들은 유쾌한 희극이라도 보러 온 것인양 들떠 있었다. 피고석에 앉은 앙드레의 수척한 얼굴에 살바도르 달리 식의 콧수염만 부자연스러울 정도로 좋긋서 있어, 그것이 폭소를 불러일으켰다. 항상 입고 있던 트위드복은 팔아 버린 것인지 벗겨진 것인지 그는 더러운 흰색 바지에 메리야스 한 장 차림이었다. 번쩍거리는 거대한 수갑을 차고 신발도 신지 않고 있었다.

"고양이! 고양이 수염쟁이!"

"매국노 가짜 시인 새끼!"

그런 소리가 터져 나왔다.

히키다는 앙드레의 머리가 하얗게 센 것에 놀랐다. 전쟁 중에는 염색약을 썼을 것이다. 얼굴색은 녹색에 가까울 정도로 새파랗게 부어 있었다.

검찰관은 광장의 정치적 세계의 용어로 차례차례 힐문의 화살을 날렸다. 그로서도 긴 구류 기간 중에 답변 준비 정도는 했을 것이다. 그러나 그가 일생을 걸고 몰두한 초현실주의 시도, 시인도 법 앞에서는 전혀 도움이 되지 않았다. 앙드레는 손을 앞으로 모으고 고개를 숙인 채 질문에 대해서는 일일이 고개를 끄덕일 뿐 이렇다 할 항변은 하지 않았다. 가느다란 목덜미에 척추뼈가 도드라져 있었다. 필시 질문의 대부분은 그의 예측을 벗어난 것이었으리라. 너무도 항변을 하지 않자 검찰관은 거꾸로,

"피고는 문학으로 평화구국平和救國의 뜻을 펼치지 않았던가."

라고 물었다. 방청자들은 그때까지 킥킥거리던 웃음을 참지 못하고 박장대소를 했다. 적국과의 공모通謀敵国와 평화구국은 매국노들의 거의 유일한 항변의 근거였다. 그런데도 이 일본 경유의 프랑스풍 시인에 대한 그런 질문 자체가 우스꽝스러웠던 셈이다.

징역 1년 6개월, 공권 박탈 1년 6개월, 가족의 필수생활비를 제외한 전 재산 몰수. 매국노로서는 가장 가벼운 판결이었다.

"……전 재산 몰수."

라고 재판장이 엄숙한 표정으로 판결의 말을 가름했을 때 방청자들은 그 일가가 쓰레기 하치장에 살고 있다는 사실을 알고 있어서인지 다시금 낄낄대며 웃었다. 폐정이 선언되었는데도 몰려든 사람들은 이제 막 상연된 유쾌한 희극의 뒷맛을 즐기기라도 하듯 언제까지고 그 자리를 떠나지 않고 웃고 떠들어댔다. 앙드레가 형리의 재촉을 받으며 퇴정하려고 하자 사람들의 웅성거림을 뚫고 여자의 울부짖는 소리가 울려 퍼졌다. 방청석 맨 앞 열에 있던 부인과 네 명의 아이들이 경계를 타고 넘어가 앙드레에게 매달려 울고불고 생떼를 났다. 그

는 앞으로 1년 6개월간 처자와 떨어져 지내야 한다. 그사이에 혹은 부인이 혹은 네 명의 아이 중 누군가가 생을 달리할지도 모른다. 또 필수 생활비를 뺀 전 재산 몰수라면 그의 유일한 재산이자 초현실주의 실현의 아틀리에인 관도 몰수될 것이다. 그 자신 역시 살 이유가 없다면 죽을지도 모른다. 인과응보라고 사람들은 말할 것이다. 그러나 히키다는 마음속 깊이 인간은 견디기 힘든 존재라고 느꼈다.

다음날 신문은 우익도 좌익도 앙드레 재판의 모습을 마음껏 희극화하여 보도했다. 그리고 같은 좌익의 신문 1면에는 중공이 지명한 국민당내전 전범자 명단이 게재되어 있었다. 그 속에는 반유대의 아버지 이름도 있었다.

역자 해설

홋타 요시에(1918-98)는 누구인가[1]

연대기적으로 홋타의 일생을 살펴보면 다음과 같다.

그는 일본 도야마현富山県 다카오카시高岡市 출신이다. 그의 부친은 도야마현회의장 홋타 가츠후미堀田勝文, 어머니는 여성운동가이자 다이쇼년간大正年間(1912-26)에 도야마현 최초의 보육소를 창설한 홋타 구니堀田くに다.

그의 집안은 후시키항伏木港의 회선 도매상廻船問屋[2]이었다. 후시키항은 당시 기타마에부네北前船 동해東海 항로의 거점이었던 탓에 홋타는 어릴 때부터 국제적인 감각을 익힐 수 있었다.

1936년 구제 가나자와 2중학교金沢二中에서 1936년 게이오기주쿠대慶應義塾大 정치과(예과), 1939년 같은 대학 정치학과에 진학하여 이듬해 문학부 프랑스문학과로 전과 후 1942년 조기 졸업하였다. 대학 시절에는 시를 쓰고 잡지《비평批評》동인으로 활동하면서 그쪽 분야에 이름을 알리게 된다.

1944년 군대에 소집되었으나 흉부질환으로 소집해제 되었다. 제2

---

1 https://ja.wikipedia.org/에서 堀田善衞 항목을 옮겨 재구성하였다.

2 근세, 회선과 하송인 사이에서 여객·화물 운송의 중개를 담당하던 업자를 말한다.

차 세계대전 말기인 1945년 3월에 일본의 국제문화진흥회가 중국에 설치한 상하이 자료실에 부임하였다가 거기에서 패전을 맞이한다.[3] 1945년 8월에 현지 일본어 잡지《신대륙》에 에세이〈상하이·난징〉을 발표하였다. 패전 직후 상하이 현지의 일본어신문《개조일보改造日報》에 평론〈희망에 대하여希望について〉를 발표하였고 같은 해 12월 상하이 곤산로昆山路 128호에 있던 중국 국민당 중앙선전부 대일문화공작위원회에 억류(징용)되어 현지 일본어 잡지《신생新生》의 편집과 현지 중국어지《중앙일보》의 대일 여론의 번역을 담당하였다.

1946년 6월에는 현지 일본어 잡지《개조평론改造評論》에〈반성과 희망反省と希望〉을 발표하였다. 이듬해 12월까지 억류 생활을 한다. 이 책의《배신자》는 이때의 경험을 바탕으로 형상화한 것이다. 12월 28일(29일 새벽) 미군 상륙용 주정舟艇을 타고 일본으로 귀환한다.[4] 위의 잡지《신생》은 중국 국가도서관과 미국 의회도서관에 현존한다.

1947년 세계일보사에 근무했으나 회사는 1948년 말 해산하고 만다. 이 무렵에 시 쓰기와 번역 일을 많이 했다. 아가사 크리스티의《백주의 악마Evil under the sun》의 첫 일본어 번역자가 홋타 요시에다.

---

3 주로 일본의 문화를 외국에 소개함으로써 국제 문화의 진흥에 공헌하는 것을 목적으로 하는 재단법인이다. 1934년 일본 외무성의 후원으로 창설되었다가 1972년 특수법인 국제교류기금에 합병되었다.

4 상하이에서의 생활과 억류 체험에 대해서는 동경대에서 문학박사를 수여하고 현재 중국 난징이공대 외국어학원 교수로 재직 중인 진동군陳童君의《홋타 요시에의 패전 후 문학론 -'중국' 표상과 전후 일본田善衛の敗戦後文学論 -「中国」表象と戦後日本》(가나에쇼보鼎書房, 2017) 참조.

1948년 가나가와현奈川県 즈시시逗子市로 이사하여 죽을 때까지 거기서 살았다. 처녀작인 연작 소설《조국 상실祖国喪失》의 제1장〈파도 아래波の下〉를 발표함으로써 전후의 작가 생활을 시작하였다. 1950년, 10월 23일에 시나가와역品川駅에서 날치기를 하다 체포되었다는 보도가 있었는데,《다카미 준 일기高見順日記》에 따르면 술에 취한 나머지 장난삼아 벌인 일이라고 한다.

1951년《중앙공론》에 화제작〈광장의 고독〉을 발표하였고 이 작품으로 같은 해 하반기 아쿠타가와상을 수상하였다. 또한 같은 시기에 발표한 단편소설〈배신자〉(《문학계》1951년 9월)도 수상작의 대상이 되었다. 이 두 작품은 홋타가 국제적인 시야로 문학에 사회성을 부여함으로써 자신만의 문학세계를 정초한 대표작이라 할 수 있다.

1953년 국공 내전기의 중국을 무대로 한 장편《역사》(신초샤新潮社)를, 또 1955년에는 중일전쟁 초기의 난징 사건을 테마로 한 장편《시간》을 신초샤에서 간행했다.

더불어 1956년 12월 인도 뉴델리에서 열린 아시아·아프리카 작가 회의Afro-Asian Writers' Association에 일본 대표단장으로 참가하는 등 국제무대에서의 활약이 두드러진다. 이때의 경험은 이와나미신서의《인도에서 생각한 것》으로 정리한다. 이후 여러 나라를

---

5 1978년에는 이 작가회의 주최 국제문학상인 로터스상The Lotus Prize for Afro-Asian Literature을 수상한다. 홋타 외에도 일본에서는 노마 히로시野間宏(1971년), 오다 마코토小田實(1987)가, 한국에서는 1975년 김지하가 10년 뒤인 1985년에는 북한의 천세봉千世鳳이 이 상을 수상하였다.

자주 방문하여 일본 문학을 국제적으로 알리는 데 노력했다. 그중 체험에 기초한 작품을 발표하여 구미 중심주의와는 다른 국제적 시야를 가진 문학가로 알려지게 되었다.

그 사이 1959년에는 아시아·아프리카 작가 회의 일본 평의회 사무국장에 취임한다. 소비에트 연방 모스크바에서 파키스탄 시인 파이즈 아흐마드 파이즈Faiz Ahmad Faiz를 알게 된 것은 1960년대. 장 폴 사르트르와도 친분이 있었다. 앞의 일본 평의회가 중·소 갈등의 영향으로 와해된 뒤 1974년 결성된 일본 아시아·아프리카 작가 회의에서도 초대 사무국장을 맡았다. 또, '베트남에 평화를! 시민연합ベトナムに平和を! 市民連合'의 발기인이기도 했고, 미군 탈영병을 자택에 숨겨준 적도 있다. 마르크스주의에는 찬동하지 않았고 일본 공산당 등의 당파 좌익도 아니었으나 정치적으로는 전후 일본을 대표하는 진보적 지식인이었다.

1977년 프란시스코 데 고야Francisco José de Goya의 평전 《고야》 완결 후부터 1987년 12월까지 약 11년간 수차례 일본을 오가면서 스페인 각지에 살았다. 이 시기에는 스페인이나 유럽에 관한 저작이 많다.

1980년대 후반부터는 사회에 관한 에세이인 '동시대평' 시리즈를 발표하였다. 이 시리즈의 집필은 홋타가 죽기 전까지 이어지다 사후 《천상대풍天上大風》으로 묶여 나왔다.

1998년 '국제정치의 문제점을 부각시킨 활약'을 평가받아 일본예술원상을 받았다. 얼마 되지 않아 건강이 악화되어 가나가와현神奈川

縣 요코하마横浜市의 한 병원에 입원했으나 같은 해 9월 5일 오전 뇌경색으로 타계했다.

국내에 소개된 홋타의 작품은 다음과 같다. 번역 순서대로,《위대한 교양인 몽테뉴 1·2·3》(한길사, 1999),《라 로슈푸코의 인간을 위한 변명》(한길사, 2005),《고야 1·2·3·4》(한길사, 2010),《시간》(글항아리, 2020) 등 4종이다.

문학과 정치

《김수영 전집 2 산문》에는 김 시인이 진정한 문학을 해야겠다는 다짐과 함께 두 명의 일본 작가와 작품을 거론하는 대목이 나온다.

> 정말 문학을 해야겠다. 생활에 여유와 윤택을 가져야겠다는 것을 진심으로 느낀다. 다카미 준高見順의 〈左かかつた話〉를 생각하여 보라. 문학이란, 수필이란 그런 것이다. 또 홋타 요시에堀田善衛의 소설 〈悔嘲のうねりの底から〉도……)[6][7]

김수영이 홋타의 해당 작품의 어떤 점을 들어 이와 같은 단상을 서술했는지는 따로 부연하지 않아 알 길이 없다.

---

6   원제목은 1961년《성난 바다의 밑바닥에서=海鳴りの底から》라는 타이틀로 아사히신문사朝日新聞社에서 발행되었다. 김수영 전집에는 '悔嘲のうねり'로 표기되어 있는데 '海鳴り'의 오기다. 더불어 거론한 「左かかつた話」는 다카미 준의 작품 목록을 살펴보았으나 확인할 수 없었다.

7   김수영,《김수영 전집 2 산문》, 민음사, 2018, 510쪽.

김수영이 언급한 홋타의 《성난 바다 밑에서》는 1637년 일본의 서남부 규슈에서 발생한 시마바라의 난島原の乱[8]을 소재로 한 역사소설이다. 작품이 처음 주간지에 연재된 해인 1960년은 일본 사회가 미일간에 맺은 안보조약의 개정을 둘러싸고 전후 처음이자 마지막으로 국민적 규모의 '안보 개정 반대 투쟁'이 전개된 시기와 맞물린다. 외부적으로는 베트남전쟁이라는 현대사의 비극적인 사건이 전개되고 있었으며 아직은 냉전의 어두운 구름이 짙게 드리워 있던 시기였다.[9]

이 소설은 일본의 현대 비평계에서 주목받은 논쟁의 하나인 노마 히로시野間宏와 히라노 켄平野謙, 혼다 슈고本田秋吾, 에토 준江藤淳, 요시모토 다카아키吉本隆明와의 사이에서 벌어진 〈정치와 문학 논쟁〉의 발단이 된 작품으로 잘 알려져 있다.[10]

앞의 안보 개정 반대 투쟁은 통상 안보투쟁이라고 하는데 이는 이승만의 자유당 정권이 저지른 부정선거에 항의하여 일어난 4·19혁

---

8 에도 시대 초기에 일어난 에도 막부의 그리스도교도에 대한 탄압에 저항하여 일어난 반란이다. 일본 역사상 최대 규모의 민중봉기一揆다. 시마바라·아마쿠사의 난島原·天草の乱 또는 시마바라·아마쿠사 잇키島原·天草一揆라고도 한다. 1637년 12월 11일 발발하여 이듬해 4월 12일 종결되었다. 시마바라 번주 마쓰쿠라 가쓰이에松倉勝家가 주민領民의 생활이 불가능할 정도로 가혹한 연공을 징수하고 연공을 거두지 못하는 농민이나 개종을 거부한 그리스도교도에게 악랄한 고문과 처형을 자행한 것에 반발하여 벌어진 대규모 내전이다.

9 유재연, 〈홋타요시에堀田善衛의 역사인식 『해저음의 바닥에서(원제: 海なりの底から)』를 중심으로〉, 《인문학연구》, 제46호, 조선대학교 인문학연구원, 2013, 352-353쪽.

10 유재연, 앞의 논문, 354쪽.

명의 영향을 받은 것이다. 시인 김수영은 홋타가 과거의 시마바라의 난이라는 민중항쟁을 현재적 상황에서 재해석하는 데 주목하여 문학과 정치의 어떤 임무를 자신의 문학에 접목하려는 차원에서 다짐한 것이 아닌가 하는 유추가 가능하다.

광장의 고독

이 작품은 샌프란시스코 강화조약이 체결되기 전의 일본이 무대다. 한반도에서는 한국전쟁(본문에서는 조선전쟁)이 한창일 때 일본은 미군의 기지 내지는 생활 거점으로 대단히 중요한 역할을 담당하고 있었다.

신문사의 임시직원으로 외신기사를 번역하는 주인공 기가키는 북한군을 일본의 '적'이라 써야 하는지를 두고 의문을 제기한다. 당시 일본에는 한국전쟁을 패전 이후 황폐화된 일본을 재건하는 데 절호의 기회로 보는 자들이 있었는가 하면 프롤레타리아 혁명의 기회로 보는 공산당원도 적지 않았다. 그러나 제2차 세계대전의 비참한 경험이 있는 주인공은 전쟁 자체를 혐오하고 있었다.

한편 주인공은 작품 속의 현재진행형 한국전쟁과는 언뜻 보기에 아무런 상관이 없는 신문사의 업무나 일상사에 대한 각성을 하게 된다. 요컨대 이웃나라에서 벌어지고 있는 전쟁과 주인공이 사는 일본의 일상사는 근본적으로 어떤 상관관계가 있는 것이 아닌가, 다시 말해 신문사도 주인공인 나도 실제로는 전쟁을 저지르고commit 있는 것이 아닌가 하는 의구심을 품기 시작한다.

그것은 소련과 미국을 중심으로 벌어지는 국제정치의 손아귀에서 한치도 벗어날 수 없다는 자각이다. 미국의 지배하에 있으면서 군수 물자를 생산하여 한반도로 보내는 일본이 그렇고, 당장 집세와 식료품 구입에 쪼들리는 주인공은 물론이고 유엔으로 떠나야 하는 중국인 기자 장궈쇼우張国寿의 처지가 그렇다. 그 와중에도 한국전쟁 특수경기特需景氣에 취한 노동자들과 전세계 분쟁지역을 돌며 잇속을 챙기는 구 오스트리아 귀족 티르피츠, 경찰보안대로 자리를 옮겨 새로운 미래를 꿈꾸는 주인공의 상사 부부장 하라구치는 들떠 있다.

주인공은 이러한 비자발적 상황(이것조차도 의심하면서)을 벗어나기 위해 티르피츠로부터 받은 돈으로 망명을 시도하지만 그것도 불가하다는 판단을 내린다. 그리고 엄중한 현실에서 도피하지 않고 정면으로 돌파해 나갈 것을 결의한다. 이야기의 전개가 급전急轉하는 장면이기도 한데 주인공은 망명자금으로 쓰려고 한 티르피츠의 돈을 한 장 한 장 태워 버린다.

어딘지 최인훈의 《광장》의 주인공을 닮은 듯도 하다. 공간적 무대가 한국과 일본이라는 전혀 다른 곳이기는 하지만 청년 지성의 고뇌와 갈등의 대상은 한국전쟁이라는 점에서 비교해 볼 만한 가치가 있을 것 같다.

광장의 고독

초판 1쇄 인쇄 2022년 10월 20일
초판 1쇄 발행 2022년 10월 30일

지은이 홋타 요시에
옮긴이 이종욱
펴낸곳 논형
펴낸이 소재두
등록번호 제2003-000019호
등록일자 2003년 3월 5일
주소 서울시 영등포구 당산로 29길 5-1 502호
전화 02-887-3561
팩스 02-887-6690
ISBN 978-89-6357- 264-2 03830
값 15,000원